泥沼之子

谷禾 著

长江出版传媒
长江文艺出版社

谷禾近照

世界的入口

妈妈,那仅存于你身体上的
世界的入口,
缓缓开启,光的到来
像经历了黑暗而漫长的纪年,
那持续的、撕裂的疼痛,生命第一声啼哭,
不仅是属于母亲的荣耀,
我从此拥有了世界,以及对你的爱的认知。

……有什么,能阻挡我再次诞生?

2019年

我看见光——

穿过漆黑的树篱，像穿过
醒来的雨后丛林，
那不逆所逆缩的，成为"消失"的一部分。

"不，他从不曾来过，只有光
被看见。从干裂的嘴唇，从灰尘深处——"

"一把柱形匕首……"你给予我
全部的饲养，来自短暂白昼的一再反哺。

2021年

谷禾手稿

目　录

辑一　向北

世界的入口　003

秋日　004

回忆一个冬夜　005

树林记　007

大雨之夜　009

孤独的人需要一盏灯　011

一截树根　014

夜渔记　015

那些不一样的乡村冬夜　017

"一地深……"　019

秋日，忆双亲　021

球形糖果　023

025 生活是什么——

027 蛙鸣虚拟

029 我听见它的美声

030 一个农民的神圣时刻

032 梁鸿湿地

034 把荒野抬高

036 山河作证

037 短歌

038 切开一枚苹果

039 春风起

040 第一缕光

041 晴空下

043 松庄村

045 雨中,过陈家铺村

047 八月

048 井

050 我写诗,不再写下从前……

052 论爱

054 一个生态摄影师的清晨

056 我不轻易赞美——

058 世界,及其另一面

我们称之为命运的…… 060
另一种孤独 061
上坝记：病榻上的林徽因 062
昔事如隐 064
数一数沙子 065
静默的手 066
我看见光—— 067
啸傲泾：钱穆先生旧居 068
六号线 071
黎明之诗 072
佑圣寺上空的风筝 073
一间自己的屋子 075
修水暖记 077
写一片天空 080
窗外空地上的无花果树 082
一张旧照片 084
野长城 087
现实论 089
自然解析 091
柿子与石榴 093
在细雨中…… 094

096 柿子谣

097 落日颂

099 百合与玫瑰

101 低语

103 另一个黎明

104 克服之诗

105 一步之遥

107 秋日忆

108 跟从一只白鹭

110 开花

112 月壤一种

114 孤月高悬

116 一头牛的一生

118 马说

133 蝴蝶标本

141 挽歌:祭二伯

144 建筑册页

149 不一样

151 古柏赋

辑二　无限

无限　161

谷禾文学年表　202

辑一

向　北

世界的入口

妈妈,那仅存于你身体上的
世界的入口,
缓缓开启,光的到来
像经历了黑暗而漫长的纪年,
那持续、撕裂的疼痛,生命第一声啼哭,
不仅是属于母亲的荣耀,
我从此拥有了世界,以及对你的,爱的认知。

……有什么,能阻挡我再一次诞生?

秋　日

吹过天空的风，也吹透你身体
乱云散，尘埃落，村庄隐入迟暮
绛紫的金钟花敲呵敲，落日一点点变凉

秋水掬月，藤蔓转动头顶银河
在琼浆酿成之前，孤独有十一种颜色
葡萄闪烁的光，被枝条的黑暗吸附

幼兽和蝴蝶，只相隔月光的转身
一场雪完成远山的神话，鹰从不现身
安慰之诗轻如羽毛，重于群鸟飞过

睡入草丛的老者，婴童也唤他不醒
草随他身体生长，荒凉漫过骨头
时光慢慢收拢他，而不是轻轻带走

回忆一个冬夜

一个冬夜,朝向田野的
窗玻璃突然被击碎——不是
源自坏天气,而是瓦片飞来。
六岁的女儿正在灯下,读
《豌豆公主》《海的女儿》,
我怀疑,是顽劣少年的恶作剧。
作为一个暴脾气的教书匠
我跟他们动过手,事过后
也悔恨不迭,却总搂不住自己。
也许是他们心中积攒的怨气,
化成了夜色掩护的愤怒一击。
玻璃碎片在灯影下闪着冷光,
其中一片击中了女儿的脸庞。
她一下子愣在那儿,笑容被定格,
然后是"哇"的一声,打破了
屋子里的安静。我蹲下身子
抱着她,捩去她腮边的血迹,
一直等她从恐惧中平复下来,
才小心推开窗户……渐渐地

我看清了夜色里的原野，明亮
旷远，像银河燃亮的书页，
村庄黑魆魆的，贴地的麦苗，
随风起伏，万籁虫鸣时现时隐。
我竟暗自怀疑，击中玻璃的
也许是来自银河深处的神秘力量。
第二天早晨，我走进教室，
向我的学生们炫耀：就在昨夜，
从朝向田野的窗户，我看到了
你们从未见过的最美的银河，
其中一颗飞过的流星，还击中了
我倚靠的窗玻璃。在孩子们
的惊呼声中，有两个男孩
红着脸，慢慢地低下了小脑瓜。

树林记

一片树林熟悉林中每一棵树。它
白昼的光,浸漫黑夜的一声不吭。
树林里的枝枝叶叶,沐浴晨光的舞动,
与雨中的战栗不止,有多少不同?

雨声喧哗,枝叶喧哗。当雨的喧哗
盖过枝叶的喧哗,所有枝叶都静止了。
这时候,一声鸟鸣响起,更多鸟鸣和声,
众鸟在掏空整个树林——每掏一把,
无边落木萧萧下,覆盖了树下的脚印。

我仔细勘察过那脚印,年轻人的,
中年人的,轻快的,沉重的,更多
属于孩子和老人,他们进入树林,
散步、奔跑、看花、遛狗、恋爱、接吻、
采集蘑菇和松果、饮下树叶上的甘露,
有时还抱紧一棵树,又笑又哭。

早晨走进去的孩子,用铁锹挖树根,

每挖一锹,树根就向深处延伸一寸,
直到那树高过云层,他沮丧地住了手。
终于走出树林后,他迎着落日的脸孔,
结满密集蛛网。难道一日长于百年?

哦,我还没有写到倚着树林的那条河,
它在此间反复改道,最后又回来这儿,
如同历尽沧桑的老人,收拢了脱缰之心,
平静地接纳着落日余晖、光秃树影。

我在树林里走失过,河水把我带出来
我在树林里迷上一只白狐,河水
照出它的原形。许多年前,我和树林
留下过一张合照:多么活力四射的少年!
身后数不清的树,一个陌生闯入者
隐现在众树之间,恍如我提前到来的晚年。

大雨之夜

大雨之夜,我听见风声和雨声
隔着玻璃,风和雨,一阵紧过一阵

我看见雨被风拉拽,踉跄而狼藉
像极了一群烂醉的父亲在找寻回家的路

疾驰的车轮溅起泥浆,车灯的远光
照见他破碎的脸。隔着玻璃
我看到雨撕扯着雨,心想:这雨太大了

我看到雨中萧瑟的叶子
被叶子裹挟的第二张脸、第三张脸、第若干张
　脸——
在大雨之夜,消失又浮现

在大雨之夜,为什么有这么多
烂醉的父亲寻不到家门?
等雨停了,还能去夜色里找见他们吗?

——我想,如果大雨之夜
还有星辰,它也应该是萧瑟的

如果我现在推开门,走进大雨里
注定也是这父亲中的一个
被更多车灯的远光照见,浮现又消失……

孤独的人需要一盏灯

孤独的人需要一盏灯
他在一个屋子里
看它发出的光,听见
炽焰燃烧,他长久地
坐在那儿,身形几乎静止
他的面前有时放一本书
有时放一杯酒,有时
什么都不放。后来灯灭了
他坐在黑暗里,继续等
那灯再亮起来。如今已
不时兴写信,他的面前
不再有笔和墨,我也说不出
他是哪一个。再往前数
我见过母亲的孤独
她那么深地,坐在灯影里,
眼珠不转,盯着对面的墙——
那儿什么都没有,她的
目光像无底的黑洞,忽然
泪水汹涌。直到她慢慢

站起来,一步步走到田野上
我们才长长地松了口气。
是的,孤独并不止于成人
一个出生不久的孩子,也被
诊断患有严重的孤独症,他天生
对世界怀有古老的敌意吗?
在成长过程中,他拒绝了我们
每一次的施救——他活在自己的
世界里,小心呵护着它
像呵护着风中的火苗和鲜红心跳
不像我,总把孤独写上字纸。
我突然想,万物有灵,一定也有
你不知道的孤独。也许
是树的孤独生出了枝叶和花朵
唯泥土记得雨的喘息。一片雪花
千里迢迢,把白色的孤独
埋入了大海的蔚蓝坟墓。
是否因为孤独,地球才有了
自转和公转?永恒的月光下
漫游着越来越多走失的人影。
你发誓今生不再爱了之后
战栗的手指,再不能完全收拢
"孤独像一阵雨,它从大海

升向黄昏……"你从孤独中挣脱
忽然听见了脚下蜗牛的尖叫
它那么小,一直背着沉重的壳——
巨大而透明的壳,几乎压垮了它
直到死亡临头,才本能地
探出孱弱的肉身。

一截树根

在减河边,涌出泥土的树根
还带着冬日的重量,它的潮湿
也是松脆的——尖锐而冷冽,
甚至不能承受空气轻指一弹。
我由此看见:黎明在渐次扩散,
从田野低洼处,从减河源头,
曙色把塔吊的影子留在冰面上,
我无法将之与塔吊区分开来。
我在想:一截树根为什么逃离泥土,
或者说,谁执意把它放在这儿,
允许我,在散步途中看见?
河岸,长堤,鸦巢,纷乱枯枝——
当我对寂静的事物视而不见,
唯有这截树根,让我停下脚步,
反复审视,试着请它回到泥土里。
这时,我又看到抱紧树根的蟾蜍
它的下巴像一面鼓,却不因我的
触动发出鸣叫。如同白昼的月亮,
一直隐匿在我视野之外。

夜渔记

现在,你是否还记得那些夜晚
的万籁虫鸣,星光从高处垂下来,
仿佛伸手就可摘下的青涩苹果。
穿过麦地的过程中,更多的麦子
如潮水起伏,紧随在你身后。
那时我还是少年,侧耳听见,
你手里的渔网被夜风吹得沙沙响,
而红铜月亮,正在从水上升起。
你带给我青麦、鱼苗、水底的传说,
月光沾上网眼,抖动着鱼的鳞片。
你说如果害怕就大声说话。我低声
说"不怕",牙齿打着战——那更多
莫名的兴奋。即将成熟的麦子气息。
水中腐草和烂泥气息,拎在手中的
鱼笼里的扑腾声,流水穿过水草的汩汩声。
混杂一起,钻入肺腑,都是我不曾
经历过的。渔网入水的刹那,万籁虫鸣
忽然停下来,屏息等着谜底揭晓——
你的呼吸也变得粗重,那也是

我不曾听过的。你矮下身子,借助暗淡
的星光和月光,慢慢拉动网绳出水,
是否曾想过第一眼看到童话中的胆瓶?
结果总是失望大于惊喜,你摸着我的头
安慰我说"没关系"(像在安慰自己)
然后带着我继续走向河的下游。
我知道,那儿可能是见证奇迹的地方,
也可能是又一个疲惫而平淡的黎明,
但这些都不重要了,我们共同经历的
这些夜晚,一个要强的父亲并不曾老去,
少年也在秘密生长。

那些不一样的乡村冬夜

我还有过这样的童年:
小伙伴们聚在村头空地,
舞刀弄棍,玩各种战争游戏,
演绎盗版的正义和生死,
在结满白霜的月光下,
折腾到忘了睡觉。被惊动的
乌鸦,突然从枝头飞起来。
这么晚了,我不再想
回家去,而是坐在树墩上,
或倚着干草垛,在蟋蟀的琴声里,
一点点地被月光晒黑。
许多年后,我住在城里,
仍想起那些不一样的乡村冬夜。
我的手边放着一盏热茶,
一本翻开的书,破损的眼镜,
伙伴们又从泛起的曙色里
一个个浮现出来——
他们穿着脏兮兮的棉袄,
龇着豁牙,拿衣袖抹着鼻涕,

有几个已死去多年，
却仍是旧时模样儿，
恍如我一生的快乐时光被定格了。
他们越走越近，待我起身，
又突然消失了影子。
我平静地望过去——从心中升起的
温暖和凄凉，超越了以往任何一个清晨。

"一地深……"

我在诗中引述母亲的话:"一地深……"
大夫问她走多远路两条腿再走不动——
他一脸蒙,知道多少步、多少米、几站路,
并以此计算一个古稀患者的疾病轻重,
但真的搞不清"一地深"有多深。
我讲给诗人杜绿绿,她说可据此写一首诗。
难题是我也说不准"一地深"到底有多深。
它只是从一块田亩的起始到尽头,
而每一块田亩有各自的宽窄远近,
种植小麦、玉米、大豆、棉花、稻黍,
也生出炊烟、丘壑、垄沟、蒿草、坟冢。
这"一地深"接连平原上的村庄,
它也是时间的此岸和彼岸吗?
母亲少女时代走进去,挣扎、挣脱、挣命,
这辈子也没走出"一地深"。
"一地深"也是她计量疼痛的基本单位,
就像坐在高铁靠窗位置,她一遍遍感慨
从村上到北京,"比赶一趟年集还快"。

"一地深"还是她起于尘归于土的距离,
我对她的爱,永远比"一地深"浅一毫米。

秋日，忆双亲

过了芒种，一辆牛车从麦地中央
浮出来。但没有打着湿热响鼻的牛，
只有驾辕的父亲，攀绳勒入皮肉，
身体前倾，几乎抵近了残留的麦茬，
喉咙里呼哧着牛的喘息（他几乎
就是一头犍牛）。麦地尽头是我们
村子，一根根烟囱笔直戳向天空，
泡桐的阔叶间，传来麦溜子的叫声。
我闻到生鲜牛粪的气息，麦茬口上
沁出一盏盏圆润的露灯。再过会儿，
母亲将踩着暮霭到来，穿一袭蓝衫，
脚步比露水更轻。我看见遍地野花，
开得像她年轻时的梦，和受苦的命运
（每一日都是重复）。我还记得
村子里更多长辈，怎样在土中刨食，
慢慢耗尽了余生。现在，他们大多数
已归于尘土，成为大地最潮湿的部分。
我的额头曾领受过他们掌心的温暖。
曾几何时，我也像爱自己一样深爱他们。

而现在,什么也没剩下了。村子沉向
原野深处,我想到它时,轰鸣的拖拉机
迎面开来,点开萤石云视频,我看到
才推开饭碗的父亲,已倚靠沙发沉沉睡去,
聚拢的黑夜,渐渐浸没了他身体的废墟。

球形糖果

我几乎淡忘了
童年所有的事儿
比如你辛苦操劳,埋头油灯下缝补
揪紧我耳朵,敲着脑壳责骂。
又如父亲赶在天黑前,从田里捉来一串蚂蚱
投入柴灶后,满屋升起扑鼻异香。

因了什么,你把父亲
从屋子里推搡出来
插上门闩,站上板凳,脑袋伸向从梁上
垂下的绳套。我从门缝里
看着你挣扎,大哭着向父亲喊"救命"

父亲奋力踹开了屋门……
我安静地听着,仿佛在别人的故事里旅行。
但是,你把坏脾气
传给了我。属于我的
灰色童年,也带给了你的孙女和孙子。

那时我迷恋邻家的木壳收音机:
傍晚6点整。岳飞。穆桂英。
我沉浸在刘兰芳绘声绘色的演播里
支棱起另一只耳朵,等待着忽然炸响的唤归声
就像入暑后,烧完柴灶
扎入凉爽的河水,想象着一条永不上岸的蓝鲸。

如果童年有快乐,快乐就是
我放学后奔回家,从厨屋里找见
半个玉米面窝头。是洗净锅碗
飞跑到小学校门口,上课铃声还没响起
快乐还是给生产队捡拾麦穗交上后
奖励给孩子们的,五颜六色的球形糖果。

哎呀,它的甜超过了来自你的爱
糖果在我嘴里,像地球
在宇宙中旋转。它燃烧,扩散,照亮
向上和向下的道路
渐渐化为乌有,全部落入喉咙的黑洞。

我伸出舌尖,在推开家门之前
又一次舔了舔
皱巴巴的糖纸。它散尽的甜
给我一个孤单的童年,铭记那甜的球形。

生活是什么——

你可以答是烟熏火燎蓬头垢面,
或者诗与远方。当然,也可
端一杯热腾腾咖啡,走到窗前,推开,
望向更远——在那里,群山逶迤,
绿水缠绕,天空布满闪烁的星子。
有人忙着奔跑、恋爱、召唤云朵,
另一些人俯下腰身,一遍遍向大地
赎罪和鞠躬,从他身后,蔓延的
庄稼和野草,覆盖了坟头的新土。
那么快,我们已忘了死者的名字,
而泥土从不拒绝他的骨头和不羁魂灵。
在山的另一边,可能是更多的山,
也可能是大城,万家灯火的喧嚣里,
有人大口吞咽垃圾和雾霾,也有人
紧随落花流水,一起从枝头消失。
但你想过是大海吗?你相信海市蜃楼
或罗刹海市存在吗?那么真实的,
像一个寓言。我们可以一起去那儿,
从此隐居桃源。但我仍不能答出

生活是什么,以及我手中的笔,
内心的挣扎、疼痛、沉沦。我试图
躲进螺壳,用一张白纸对抗虚无,
有什么用呢?生活并不放过哪个人,
它把我们放在天平一端,另一端放上
良知、正义、真理、爱和宽宥,
然后,望着我们渐渐变成一片鸿毛,
嘴角倏然绽露一丝冷笑……

蛙鸣虚拟

你多久没听到蛙鸣了——在某个黑夜
当蛙鸣代替了四起的车吼
像一场明亮的暴雨紧锣密鼓行进在大街小巷
等它彻底停下来,世界的寂静才归于真实。

这时候,你恰好守在一盏老马灯下
或枯坐在月光的影子里
你不由自主地走出屋子
随同夜色一起,渐渐地消失在蛙鸣深处。

当"你"置换成"我",明亮而激越的蛙鸣
也像一片柔软的叶子
带着露珠的体温,飘过田埂上母亲的气息
成为神奇的致幻术
让我回头,望向越走越远的另一个自己。

……你听,蛙鸣一直在响
即便它只是虚拟
即便摆在我面前的,只有一纸一笔

它仍执着地行进着——从纸张
看不见的深处。从笔尖枯竭的上游。

我听见它的美声

在春天,在午后。在无边无沿的
麦地深处,什么虫子在叫,却不见影子

我听见它的美声……持续地抵达
潮湿的泥土,闪着光和水的清澈表情

——我停了脚步,在更多麦子之间
在茇茇草和蒲公英之间,我停了脚步

我还要在光阴里停下来,在万籁齐鸣里
在母亲的喊饭声里,看见炊烟升上树梢

什么虫子在叫呢?这熟悉的,陌生的
从记忆的海底,一次又一次把我唤醒

……哦,田野知道谁在呼朋引伴
谁因蚀骨的爱,放开了油绿的嗓子

但田野从不说出!它引我回到这儿
用虫鸣,用更多涌动的和声,把我留住

一个农民的神圣时刻

我父亲生活在乡下,每次来城里
喜欢去周边游荡。
他披星戴月出门,天黑后许久
才风尘仆仆归来,如果手持
尺规和测量仪,更像一个地学专家。
他满意我的居住环境,
独自在家时,喜欢看电视新闻,
为纷乱世界焦虑和揪心。
他反复问我,求证东风-17发射后
多久能达宇宙深处;浓缩铀
比柴油贵太多,能否更换
太阳能或锂电作为飞行燃料;
太空舱里的宇航员
去哪儿如厕;照亮夜空的流星
都落去了哪儿;过路的鸭子
在红灯亮起时,为什么比汽车
更自觉地停下来……
他窝在沙发一角,不等我
作答,喉咙里就发出了轻微的鼾声。

我妻子夸他真是有情怀的农民
还一边夸,一边撇嘴——
她没见过耕作时的我爹,在自己
一亩三分地里,这头不服老的老狮子,
埋头播种、收获,偶尔直起腰身,
久久地望向星空,满脸
蛛网般的肃穆和沉重。我知道
那才是一个农民
被情怀充盈的,最神圣的时刻。

梁鸿湿地

早春的阳光带着微薄寒凉,
豆梨才露出白牙,
风中俯仰的野芦苇
灰茫茫,被命运扼紧了脖子。

骨头的断折之声传来,
如冰碴碎裂。水边油菜花金黄。
在细浪的镜子里,
季节刚迈开趔趄的脚步。

所以仅有爱还不够,还要跑起来,
还要一叶障目,无视白云黄花举案齐眉。

野旷天低,是泥土涵养了水分,
还是相反?我喜欢
这凌乱的早春,从桨声的裂隙里,
蒲公英和白鹭飞起,
从残雪下取回了羽毛和翔集的钥匙。

河水如脉络，遍布大地全身，
要蹀躞流过春天，
才能挽留蜜蜂、蝴蝶、更多采花盗。
我还有秘密的手艺，
以保持一首诗的完整与不可模仿。

我知道，时间不会怅惘失神，
在季节的轮回里，
泥土梦见新生的青竹，也把这湿地
带向江水停歇之处。

把荒野抬高

谁的头颅在泥沼中滚动?
不再借助于手脚,如同火焰
把灯芯捻灭,一样在真空状态下起舞
趋光的群蛾,抬头看见火烹的幻影

我并非被别的光源引诱
从银白骨架的顶峰
另一颗青葱头颅,又拔出了泥泞

反身童年的秋天,棉桃集体叛逃
肩扛独木舟的汉子
从棉田里找寻通向大海的秘密河流

他还向草地撒网,捕捞命运的鹅毛
——他活在自闭的世界里
呱呱落草后,再没人走进他内心的黑房间

"是的,头颅滚过
荒野蚁丘显形,水流到最后

不是汇入更大的水,而是消失于尘埃……"

也有时候,它像一个不祥的巨蛋
以破碎明志,喃喃地低语
"在滚动中,把全部疼痛归还给草木和乱石。"

我不质疑它的来处!我选择放弃
从你的记忆里消失
留下行尸走肉与虎谋皮,混迹在人群里

唯头颅把荒野抬高,与所有
黑暗相融——
它的耻辱注定也是我的
你看呵,它几乎已奔跑起来……

山河作证

"……诗是无用的。"这并非
时间的判词,而是无尽噪音之一种。
青草的竖琴叮咚有声,瞎眼的
老母亲还站在村头,一遍遍地
召唤儿子们走失的乳名。落日的余晖,
一点点收紧青灰屋瓦和敞开的原野。
睡在泥土下的孩子,从懵懂中醒来,
抬头看见天边移动的,白莲花的月亮,
大地从未变凉,炊烟高过了天空。
一切都是诗,草木山河作证。

短　歌

那些永恒的事物都在消失——
村庄、坟丘、虫鸣、荒草。
月亮沉在淤泥里，你喊出
自己的乳名，只有风的回声。
道路上走着新人。几个老人
围坐在场院里，平静地谈论
身后事，像谈论晚餐吃什么。

切开一枚苹果

切开一枚苹果,我看见星星
是否所有甜蜜事物的
内部,都蕴藏着一个浩瀚天空
星星在苹果里,听见刀子
绕着它,一圈圈削着青色光芒
而我们在黑暗里,听见雨
落在窗外,听见光
揉洗着窗帘,舌尖缠绞的嘤咛
像另一场雨,落上你的肌肤
我们交换着不同的姿势
向焚烧的原野索要春天
野草跌宕,流水随黑暗涌动
在交互的寻找中,我们看见自己
当我们停下来,那青色光芒
继续生长——我确信
它来自你的深处,一如针尖上的蜜
而窗外星空,一浪高过一浪。

春风起

万物轰鸣,向上生枝开花,
愈来愈接近殡仪馆入云的烟囱。

那不绝的烟缕,为什么没有
因风吹而改变形状?

潦草的麻雀们,在烟缕里沉浮,
像一群丧乱的孩子,反复穿越父亲的胸口。

第一缕光

太刺眼了,从哪里开始?
但我爱每一个早晨

一片叶子,可以飞抵所有去处
一滴鸟鸣,分娩出更多雏鸟
多好啊,一缕光线安慰了
欢爱和恐惧中,所有紧闭的眼睛——

如果跌倒了,道路扶我起来
如果遭遇骨折,就从晚年返回童年

每一个身体里
都有一个灵魂庇护所
容留不屈的泪,起于泥沼的饿殍

我是说,我与祖父
有同一张脸
如果我消失了,那是因为
从未出生。从未被世界的光看见——

晴空下

我记起更多的植物，
在疯狂地舒展枝叶，
疯狂地开花，疯狂地把果实，
挂上招摇的枝头。
那些灰斑鸠、麦溜子、蚂蚱、
蜂蝶、黄蜂、布谷、云雀、
癞蛤蟆，从麦地深处冲出来，
集合到鞋带粗的田埂，
组成了夏天的合唱团。
天空蓝得不说一句话，
几朵闲云，忘了风还在吹。
父亲们匆匆赶去就近的集市，
大路上回响着他们杂沓的脚步，
而挥汗如雨的女人，渐渐
消失在荡漾的金色麦浪深处。
这时候，所有草都多余，
细草间的野花也是累赘，
村庄如棋子，拱守着
大地的棋盘，直到小学校

钟声敲响，三五成群的孩子
如脱笼的麻雀，喊喊喳喳
穿过麦地，向尽头的家中
飞奔而去。在他们身后，
是草捆掩映的母亲。
鸟儿和虫子散入草丛，
月光的小红马，一声声地
踩着露水的清澈蹄音。
至于去到集市的父亲们，
还要等天黑透了，才头顶
星光，深一脚浅一脚地回来。

松庄村

石头也是潮湿的。水从石缝间
汇聚入小溪
滚过河底的乱石,映现头顶的枫香和乌云

更大的寂静,来自石上青苔
细雨中,绿得盎然
我怀疑它从黑暗中,接通了漫山云雾和雨水

土屋还是从前的
格栅是,灰尘是,门脸上锈蚀的锁子是
坐在屋檐下的老妇人
用脚丫作画,饮竹叶流下的泉水
我怀疑水中的几尾鱼儿,也来自从前的慢时光

三两只倦鸟,在山风里打盹
夜深后又独自去溪水中洗脸,不小心碰响了
头顶的瓦当,和漩涡里的星星

卧在无名溪上的石桥

从水里,照见了
满头青苔和空洞的心,它更渴望回岸边歇息一会儿

——这时候,我想停下来了
做一块青石
青石上放一篮,溪水洗濯的马兰头

雨中,过陈家铺村

最剔透是晨起的雨,轻重缓急
像有一双看不见的手
弹奏着天空这架无际的钢琴

辨不清白键和黑键
云絮起自群峰深处,不改千里江山青绿
从山脚向上,恍如众鸟在疾飞

我继续走在雨中,移开头顶蓝伞
目光转向临渊的书局、老屋、
青瓦、赭墙,从朽腐中重生的八百岁水杉

我还想找见消失的驿站和瘦马
从山那边走来的倦客
怎样把黑夜里浮现的一豆灯火认作亲人
轻轻叩响虚掩的门扉

此刻,所有门都是开敞的
有人在拍照,有人在临窗听雨

有人在面向群山朗诵

也有人抱一把古琴,刚从白云生处归来

仍有炊烟,沿屋顶袅袅上升

白米在生成香饭,一口

好大锅后,转出才解下罗裙的美厨娘

从飞莺集①走失的松鼠

幻化成了二十六都②的新传说

---

① 浙江松阳县陈家铺村的一家民宿。
② 松阳过去依地理(水系)划为二十六都(乡),陈家铺现位于四都乡辖区内。

八　月

雨的鼓槌纷飞，玻璃碎成
遍地珠玉，悲恸地滑落，
像一个疲惫的人，渐渐耗尽了力气。

这是云集了尘世的怨怒吗？
带着任性、悲欣、不甘、挣扎、沉沦，
砸向屋子里凝视的眼睛……

从前的旧时光里，更多的雨
也是这样，落向一个人梦里梦外。

在今夜，你独坐烛光深处，
看窗玻璃上波浪汹涌，
雨中的人群，一直游向岁月尽头。

在两场雨之间，是老者在等着少年；
在两滴雨之间，一道闪电把大地揭开。

……这雨哦，继续砸向泥土的黑暗，
你独坐雨外，听雨打山河，无始，又无终。

井

在《个人的诗泉》里
希尼写他从不同时间的井里
看到不同镜像:水草、青苔
闪过井底的白脸庞,那喀索斯的眼睛
从水里浮现,他还听见黑暗
发出回声……我在夜深

读这首诗,想起童年时
我也滞留旷野,看到挂在草叶边缘
的星子,那些露珠也是赤裸的水
从井边走过的人,看见
不同的光、寒霜、冰凌花,
忽然停下来,又惊慌地跑开

天冷了,我坐在井栏边
看乳白气雾从井底源源升起
怀疑井底住着另一个村子。有村里
女人跳进去,捞上来后
成了僵硬的一条,红衣服滴着水

母亲不允许我探头向井底细察
我也没见到亡灵的影子,只有潮湿
青苔的气味,撞击着井壁上
弯曲的光影,突然掉落的石子
击碎我的脸,荡起涟漪层层

当我长大后,被允许跳进去
小心地挖干净井底污泥,
又见一汪清泉。天空阴云密布
接着有暴雨落向干旱的田地

这村里唯一的井,因灵验
被众生膜拜,持续用香火祭祀。

我写诗,不再写下从前……

我写诗,不再写下从前的原野
那些疯癫树木、甜蜜野花、
挂在草叶上的露珠映出曙色的芒刺
沿万籁虫鸣消失的屋顶、田塍、胡蜂、墓冢

但你要允许我向最后的留守者鞠躬
他们从各自的屋顶
坐在地球之巅,数着白昼闪现的星星

——在冬天到来之前,他们
有足够时间乘一颗麦种去苍穹深处

从大地尽头,落荒的道路终将会合
被生计劫持的孩子住进了林立的楼栋
为了糊口,他们像搏命的鱼
转眼消失在光影交织的大海
别问他们从哪里来,这是对卑微者的冒犯

我的诗啊,渐生出尘埃、尾气、白噪音、

工厂、巴士、超市、红绿灯、
广场、地铁、学校、税所、法庭、光荣院……

我的笔停下来,对着里边喊:"有人吗?"
回声荡漾,但没有人应答
仿佛我抵达了火星——这浩渺苍穹的应许之城

论　爱

心外科医生说:"小小心脏,
这世界最完美的机器!
它搏动,生命就生生不息。"
他也许忘了,是谦卑的爱
创造着奇迹,一次次把生
从死的深渊里托起——是的,
我饮下过牝鹿目光的清泉,
它用唇舌舐干幼鹿的皮毛,
也洗濯了蒙尘的人心。
同样的,当老虎的咆哮
披戴夕光的斑纹,它逡巡
在大海上诵念:哦……燃烧……
海水骚动起来,蔚蓝的和鸣,
带给我们更多欢喜:善与美,
露珠之马,星空垂下花的帘栊
抖动漫漫长夜,让我脱开现实
在自由的梦里为爱折腰,
选择原谅和宽宥,在夜的森林
沐浴青草的呼吸。是的,

我们已不可能回到襁褓中，
但仍要母亲的屋檐遮挡风雨，
仍要父亲为我们磨亮生锈的铁锹，
要一群儿女薪火相传，甚至
养一只猫，领受死的轰响与寂灭。
我们坐下来谈论爱，我们坐在
露珠上，平静地敞开身体，
接受时间的摧折，和照耀。

一个生态摄影师的清晨

在天亮前,摄影师从帐篷里
钻出来,伸个懒腰,轻声的咳嗽
惊动了夜色里假寐的树叶。
他再次调整三脚架,固定好相机,
打开镜头盖,把焦点对准
昨天选择的方向……你知道的,
他根本不在意远处河水,
更远的,地平线上的日出——
嗯,风景的价值,只在于其独一性,
必须俯拍或仰拍,从未来视角,
呈现我们身体周围的世界,
才能上升到仙境。而他只想用镜头
来诠释一只鸟的自然伦理学,
必须把焦距调到与拍摄者相同的专注度,
欢鸣的鸟儿,才可能现身——
它有世界上最漂亮的形体和颜色,
且只为美而生,把尖喙
深情地吻向了镜头聚焦的花蕊。
他已耐心等待了六个早晨,

他相信第七个早晨的奇迹，
必被瞬间定格，从幻想变成现实。
他从不曾动摇过对隐秘之美的信仰，
多年以来，这持续的激情
把他变成了彻底的生态主义者，
用小小镜头去无限拓展，
重新定义大地上生生不息的事物。
他把所拥有的秘密，付诸镜头，
来讲述时间的新生，
作为新的元素和风景的一部分，
他注定被更多人景仰和热爱。
而我只是晨练途中的旁观者，
不可能比他更钟情于让稀世之鸟
越来越清晰——必须牺牲
更多事物，在黑暗与光明之间穿梭，
另一扇门才隐约可见，
如海市蜃景，那神示的光一闪，
镜头抓取的刹那，超越了存在的真实性
世界"咔嚓"一声，得以重启。

我不轻易赞美——

我不轻易赞美这世界——
那个勤勉的女士,累积了体面,
她起早送女儿去学校,
九点赶到班上,傍晚背着夕阳
接女儿回家,辅导她写作业,
去厨房烧饭,微信问丈夫多久到家
——她为心爱的家,付出了
青春和所有。好几年没出远门了,
我愿意赞美她有一个漫长假期,
能回去少女时光,重做一次选择题。
另一老人沉迷摄影,用单反镜头
抓拍稍纵即逝的瞬间,美在他
食指下定格。为艺术的创造
让他成为独立的这一个。
至于去广场上跳舞,尝试找回
身体的激情,那是他的个人私密。
凌晨他吐纳着清新空气出门,
去超市买菜,去集贸市场买便宜的菜。
他喜欢把外孙女举过头,骑着

他脖子,问她有没有看到更高的银河。
小姑娘咯咯笑着,连声喊"姥爷"。
我喜欢这老头儿,却不赞美,
如同不赞美公交车上让座的年轻人,
每天带病指挥交通的矮个子警察,
她、他、他们,都在做愿意做的事儿。
但我赞美穿过风雨衔来橄榄枝的鸽子
久旱的甘霖,枪口抬高一厘米的
列兵,掌声中袖手不语的议员,
以八十二岁高龄离家出走而不幸病死
阿斯塔波沃火车站的老托尔斯泰。
当枝头的叶子落尽了,
最后一颗柿子还挑在最高处,
鲜红地照耀漫漫寒夜。我赞美它!

世界,及其另一面

你很难找到一个词,或某句话,
像万有引力定律、相对论那样
精确地,描述出世界的样子。
也不可能像木匠,掂量着废弃的
木头,顺手把它做了门窗、柜子、
桌椅、木牛流马,或别的器物。
科学家说,人类对世界的认识,
至今不足百分之五,仅千年前,
我们还不知道空气存在,更不用说,
薛定谔之猫的生死——想一想吧,
你抱紧的真理,包含多少愚蠢谬误,
暗物质建构的宇宙,不许你用一把尺子,
测出它的大小,绘出它的形状、
分秒变化。都说"坐地日行八万里",
我们眼中的世界,如此缓慢而平静,
像一本打开的书,折射出星星的光芒,
原野花开花落,结出城市和村庄的果,
一头搁浅的蓝鲸,借助涌动的潮汐,
重回大海深处。蜿蜒的铁轨穿过

古老教堂的尖顶，和孩子们的赞美诗，
带着火车，驶去了世界另一面——
它也载去了你全部的深情和热爱吗？
而世界并没因此变得完美，以一颗露珠的
圆满，拒斥着棱角，清澈地呈现在你面前。

我们称之为命运的……

有人一生欢畅地活着,像蛆虫。
另一些人含泪吞下羞辱、病痛和泥泞。

我们称之为命运的:劫数和死亡,
总被神秘的黑衣使者从远方带回来,
他的脸被暮色和晨霭严实地包裹。

他在我们身体里种植闪电、草籽、
繁星的种子。冥冥中我们等待奇迹发生
——我们等待,那落日隐遁的时辰。

"而台风就将登陆,"你翕动着
嘴唇,"乌云聚拢,海岸线不再后退,
蓝鲸穿街过巷,像手提烛火的信使,
用尾鳍疯狂拍打着,所有沉睡的门扉。"

另一种孤独

在海上灯塔的无尽等待中,
荒野又添一座鲜花堆集的坟冢,
这约等于尘世少了一颗驿动的心,
长夜又熄灭一颗闪烁的星星。
而大漠茫茫,唯沙子鬃毛飞扬,
断折的胡杨,像亿万年的命数——
它见证过多少石头的前世今生?
雪线退向天边,群山起自低处,
时间的灰烬,纷扬而浩荡
没有鸟来,没有蛇和蜥蜴的影子,
最后一个地球人埋头挖向宇宙深处,
斜劈的闪电照见他滂沱的脊梁——
他抱定失败之心,永不抵达那儿。

上坝①记：病榻上的林徽因

她言及的"中国营造学社"辗转迁来后，
留在了上坝村这院竹篾抹泥的农舍，
这里能听江风浩荡，远眺星光落入江心，
隔壁的工作间逼仄低矮，时有窸窣之声
传来，那是梁兄在伏案埋头，搓着手，
把多年辗转奔波拍下的一座座楼塔庑殿，
纤毫毕现地绘到纸上——他呕心沥血的
《中国建筑史》②，一天天变成现实。
后院里，昆明赶来的龙荪③兄，穷极存在之道，
一边弯腰低眉，小心逗弄镇上买来的鸡仔。
多好的阳光呵，在这残忍的月份④，
依然穿过青砖黛瓦，从竹木窗棂漏进来，
照亮她潮红的面颊。她斜倚病榻，喘吁着，

---

① 四川宜宾市李庄镇地名，在李庄镇北约一公里。抗战时期，清华大学建筑研究机构"中国营造学社"迁于此地。
② 抗战时期，梁林夫妇在上坝共同完成了著名的《中国建筑史》一书。
③ 龙荪，即金岳霖，哲学家，梁林夫妇挚友，抗战时期专门从昆明来到李庄，与梁林夫妇结邻。当时他从事哲学研究之余，尝试养鸡给罹患肺结核病的林徽因补充营养。
④ 引自 T. S. 艾略特《荒原》。

写下了"人间四月天"① 的美景良辰。

——这是战火纷飞的一九四〇年代,

偌大国土,已难容下半张绘图的书桌,

飞机的轰鸣和隆隆炮声,在头顶环绕盘旋,

她惊惶地一遍遍叫着"再冰"② 和"从诫"③,

从敞开的门外,传来风的低声应答——

当此时,她找到的释迦塔④在风中摇得厉害,

她握手过的乡野铁佛,已被化成铁水流远⑤,

她设计的国徽,还要十年后才开始孕育,

他们牵手走过的古城墙,每块砖都气宇森然,

上坝村的月亮,用一张冷脸俯瞰着人间,

她剧烈的咳嗽声中,一江春水流向大海。⑥

---

① 林徽因写给儿子梁从诫的诗句。

②③ 再冰、从诫,分别为梁林夫妇的女儿、儿子。

④ 又称应县木塔,建于辽代清宁二年,经梁林田野调查发现,并考证为中国保存最完整最早的纯木建筑。

⑤ 在山西汾阳进行田野调查期间,梁思成曾拍下一张林徽因与乡野铁佛的合影,该铁佛在抗战期间被化为铁水,用来制造枪炮。

⑥ 在上坝期间,女儿梁再冰曾问妈妈:"要是日本人来了怎么办?"林徽因答:"没什么大不了,这屋后不还有一条长江吗?"

昔事如隐

"雪一落下来,就回到了北平……"
你是说,昔事如隐,深藏于细雪的深肤,
紫禁城的朱漆门环,宫墙上的
瑞兽、箭楼,筒子河上的反光,卧雪的鸭子,
缤纷来过的、欢喜的、熙攘的拍照者,
仿佛雪的幻影。烟袋斜街的暮色里,
胡适之、陈独秀、周树人、沈尹默、刘半农,
更多白头的旧址,在雪中越走越远了。

残损的城垛上,几只鸽子飞起又落下
鼓楼的灰瓦落成了白瓦,金台收拢夕照,
挑檐的铜铎,漾出风吹玉振的回声,
朱门深深,青砖甬道铺向百年后的市井。

有更多的鸽子,落向雪打的灯影。
有更多的雪呵,落入时光的褶皱。

数一数沙子

你数不清它们。在海滩上
在广阔大陆腹地,你抬头,刹那间
望见它的影子,在黑暗深处,
在通明的灯火背后。你走过的
旷野、山河,它们比金子更隐忍。

你数不清它们。像数不清
人世的悲苦,那些挖沙子的人,
用沙子砌墙的人,以沙子充饥的人,
留在了沙子里。那个背石头下山者,
梦想沿沙子的方向找到秘密的河流,
他也将化成途中的一粒沙子。

你数不清它们。来路也是去路
世界也是一粒沙子。我们
带着希望出生,以沙子砥砺前行,
用沙子筑起堤坝,分出白昼黑夜。
我们把沙子穿在身上
像一粒沙子,追逐另一粒沙子……

静默的手

它停在那儿,仿佛睡着了。
五根指头均匀呼吸,
如心在跳。靛青色血脉,茸毛

被灯光照见,显现透明的影子。
而某根指头突然弹起,像受到刺激
和惊吓,从梦中向外跳伞①,落回入睡前位置。

当它退入黑暗,还是这样子吗——
因为渴望另一只手
而变得灼烫,从指纹里举起转暗的星斗,
而后,又静若处子。

你无法复原连接它的胳膊、完美脸孔。
作为独立的存在,
它也有不确定的命运、人的思想和困厄——

……在此时。在离开你之前……

---

① 引自特朗斯特罗姆。

我看见光——

穿过漆黑的树篱,像穿过

醒来的雨后丛林,

那不断地退缩,成为"消失"的一部分。

"不,他从不曾来过,只有光

被看见:从干裂的嘴唇,从灰烬深处——"

"一把柱形匕首……"你给予我

全部的饲养:来自短暂白昼的一再反悔。

啸傲泾①：钱穆先生旧居

古河道清浅，流水洗白了
垂柳的耻骨
那时你坐在码头，远见大船驶来

是南迁的泰伯②，还是素书楼③的幻影？
……在你短暂的晕眩里，伯渎河接纳九泾流远
唯青石碑记得放生的鱼苗
圣者铲起第一锹土看见山河故国

端的好地方啊，春色如画
亦如屏风转身
从雕花窗棂漏进来的阳光
镀亮素书堂的枣木课桌

---

① 啸傲泾：无锡钱氏故居前溪水，相传为古吴国君泰伯所开凿的中国第一条运河伯渎河九条支流之一。
② 泰伯：古吴国第一代君主，东吴文化宗祖。姬姓，父亲为周部落首领古公亶父，兄弟三人，排行老大；两个弟弟仲雍和季历。父亲要传位于季历及其子姬昌，泰伯和仲雍避让，迁居江东，建国勾吴。
③ 素书楼：钱穆先生少年读书于素书堂，晚年在台居所以"素书楼"名之纪念。

小小少年的脸庞,被前朝的桨声灯影淹没

一生要经历多少枯寂
才看得清这世界?
真理如乱草,在时间册页里明灭
泥沼中说话的头颅,
也曾在城头滚动和咆哮
远离人间烟火后,才随流水赋形

——我从远道而来
抚摸着斑驳的砖石、家具、回廊、匾额
齐眉堂①院里的桂子树
又挂起新的花瓣香
在玻璃的反光里,回响着老照片的窸窣之声

我想起你留居的地方
北平、济南、武昌、成都、香港、台北,大洋彼岸
兀兀穷年的那一杆秃笔
插在家与国之间
年逾八旬后,你如何在失明症里述说《晚学盲言》②

---

① 齐眉堂:钱氏故居原名。
② 《晚学盲言》:钱穆先生86岁双目失明,至92岁口述完成之历史文化学巨著。

那一时刻,你眼前的黑暗
也是啸傲泾的黑暗——
从生向死敞开,也敞向璀璨无垠的河床

六号线

我只写它的便捷和拥挤:在家
与单位之间,它像一条深埋的隐线,
我顺从安全检查,埋头走进车厢,
看见那些木然的脸,密集的后脑勺,
站立的老人和孩子,显示屏雪花飞舞。
在虚空里,生与死都消除了声音,
没人让出座位,也没人摘下应急的锤子。
过完疲惫一天,我又一次平安回家。

黎明之诗

暗夜里，寂静自有其完美形状
那些旷野，树和树林，河流，山坡，
废弃的井栏，草垛，一直警醒着，
等待第一缕光，从天边升起来，
为显形的事物命名——更多的建筑、
风雨、乡村、城市、道路、造梦者，
时间重构了生与死的秩序和伦理。
当星辰隐退天幕，带露的新世界
已悄然落草。谁永留黎明前的黑暗，
不再生长，迎向追赶的后来者？
我们每一个人，总会从恍惚中醒来，
久久凝视自我，看到罪与罚的深渊，
从水底浮现的，那喀索斯的脸孔①。
一片落叶上，麇集了无数的道路，
通向蔚蓝苍穹，也通向灰椋鸟的喉咙。

---

① 引自谢默斯·希尼《个人的诗泉》。

佑圣寺①上空的风筝

出门来,无意间抬头仰望,有人
忽然说:"看,风筝……"
你只看到灯盏闪烁,在头顶飞舞。

更多的人惊喜起来,变幻的色彩,
夜的舞蹈,更多迷离的花朵,
藏匿了绽放和凋零,你看不到
黑暗放飞的双手,翅膀拍打气流的涡旋。

哦,你放飞的经验,更多来自樊篱,
来自被禁锢的头脑。你的
双脚陷在淤泥里:人、时间、生死,
那属于未来的风筝,从天边飘落——

你记起童年时,对一只风筝的渴望,
　超过了"飞" 这个词,你无数次

---

① 佑圣寺,位于北京中轴线上的永定门公园内,十月文学院所在地。

跑过旷野,却不曾触及那紧绷的提线。

你停下脚步,目光穿过密集的
悬铃木叶子:突然冲起来的流星,
像加速度的风筝,脱离了风的控制。

更多的星光,生成佑圣寺夜空下
明灭的芒刺,证伪着你的指认——
这不同于白昼的风筝,要求你
注入繁复想象。你的手,你敞开的身体,
放弃了对线轮的坚守,让灯盏闪烁、
攀升、起舞,继续带高,成为星群之马。

今夜,你留在这儿,风筝就不会收起,
坠落或破碎,像季节吹落的孤单石榴①。

---

① 佑圣寺院内生长有一株石榴树,秋来硕果压枝。

一间自己的屋子

在轰隆隆的市井间巷,
在尘嚣中心。只相隔一道墙壁,
一层玻璃,一张纸,一个词,
如果你愿意,可以看到世界的
每一个早晨和夜晚——
人形匆忙,花草葳蕤,落木萧萧,
旷野深处,传来不确定的鸟鸣。
而咖啡泛着苦,茶水在变凉,
尘与土,光和热,春暖与秋寒,
季节翻动书页,赶赴雨和雪的邀约。
如何保持一间屋子的安静?
你看见尘埃闪烁,堆积的卷册
漫过你颈项,灯光落向蒙尘的桌面,
晃动着更多夜色的波浪,沉浮
变幻的脸孔——那燃烧的岁月,
恍然消失在一座县城的穷街陋巷……
记忆被唤醒,你犹疑的手把窗户
推开,把世界的喧嚣全部引进来。

沉沦在日常的欢娱里，再也关不上
那业已打开的，窗户和门扉。

修水暖记

分水器安在橱柜下,平常
日子从不显山露水,供暖季
到来,我才想起它,拉开柜门
移开凌乱杂物,手电筒的光
照出它收敛的红铜光芒,那么
安静地待着,仿佛豢养有年
的萌宠,敲击的时候,荡起
清越鸣叫。壁挂炉已开启,
上水器是热的,回水器
却凉得烫手,屋子里寒冷似铁,
风吹进来,与室外没两样了。
我想起当年装修,为了美观
留出尽可能多的空间,我选择
拆下悬挂式暖气片,改铺地暖
她骂我败家,但冬天赤脚踩下
热乎乎的,仿佛铺展的火炕
让她一下子感到了生活的美好。
现在它老了,间歇性罢工
打维修电话过去,接电话的人

已记不起我住哪儿，他告我说
人在河北，"天冷得狗一样，
我咋个去给你修"？他语调
铿锵，我一下变得哑口无言。
生活总是这样，不断地用意外
教人成长，去领悟"活人不能
憋尿死"的真谛，也教诗人
自己去学习，如何把螺丝拧紧。
我找来铁钳、改锥、水盆、毛巾
蹲下身子，钻进去，把四路管道
的三路关紧，回水阀开到最大
让管道里变污的水，从涓流
继而喷涌，水色也变得清亮，
水溅到脸上，才想起拿过水盆
和毛巾。瞧这手忙脚乱的样儿
如果你在现场，会当我是小丑
或业余水暖修理工，好在头脑
还算活络，手上很快变得娴熟
把一路路管道反复开关，升降
壁挂炉的水压——两小时后
壁挂炉烧起来，用滚烫的热情
礼赞生活，深沉的轰响如同
在演绎《不要温驯地走进那良夜》

我把杂物归于原处，合上柜门
生活也回到旧有的格局和秩序
你知道——这不是写诗，而是
百姓的琐细生活。我把工具
也收起来，坐回沙发上，点燃
一支烟，心情愉悦地看向窗外。

写一片天空

更多时间里，我怀疑
它的多面性，如亘古的说谎者
你乘现代飞行器驶过去
云上的日子并不唾手可得
或近在咫尺。窗外星星
隐于"有""无"之间，你听
不见它的梦中呓语。尤其在冬天
忍受雾霾的再教育，你想要
一片瓦蓝的天空——剔透，
不含杂质，给你畅快呼吸
登上十层楼顶，伸手就可触摸
你从那儿看见，天空深处的银河
消失于一朵雪花的渡鸦
反穿皮袍的羊群，像移动的词
你的目光穿过云的丛林，把更多
峰峦踩于足下，还有什么
能遮挡你对蓝天的饥渴？
月亮孤悬，照见凝固的云朵
匆忙的人们看不见，但从不怀疑

它的存在，如同你望向天空时
有不止千百种脸孔
当群峰无序，沧海翻作桑田
背行囊的远行者，缓步走上浪尖
在那儿，麦子和海百合一起生长。

窗外空地上的无花果树

入住多年后,居民楼之间,
绿草坪变成了乔木灌木的天堂,
香椿、苦楝、紫荆、榆叶梅,
没人说得清,如何一步步
蚕食了葳郁的青草。在树下散步
我时常生出存在的荒谬之感——
就像某天发现的无花果树
母亲说:"去看吧,就在这屋后!"
她惊奇谁种下了这株异树——
它有灰褐壮硕枝条,手掌形
生着毛刺的宽大叶子,折断后,
叶梗的茬口涌出黏稠的乳白汁液。
这是她在为我找寻、快速治愈
蚊虫叮咬的偏方良药——籽实的
外皮还没有变红,秋日光线里,
被忽略的绿意,仿佛一个弃儿,
随性生长,像与所有人无关。
我的牵念,也仅来自对顽疾
治愈的需要。在凡俗生活中,

一株无花果,与一棵青草,
又有什么不同呢?直到新的一天,
园艺工笨拙而锋利的锯木声
锯断了我周末的懒睡,树丛
复为最初的空地,新草皮运来,
一张张无缝地铺展开,恍如
又倒流回了才搬来的日子,
这株无花果树,阴差阳错地,
做了时间唯一的见证者。
哦,让无花果实在秋风中变红吧,
像一树灯笼生出隐喻和象征之美,
更多被忽略的事物,成为比邻者
每日可见到的存在,它的卵形
青果和白色汁液,也成为
这人神共居的,世界的一部分。

一张旧照片

我们有旺盛的荷尔蒙，暴晒在
正午烈日下，看着孩子们，
从白灰斑驳的教室里蜂拥而出，
无头苍蝇样，冲向寝室尽头的
学生伙房。停电了（那个年代
在小镇上，这再正常不过）
我和你一起去学校机房，把应急
发电机摇开，让飘雪和噪音
比画面更早，从屏幕萧萧落下——
最后一次，你看见那么多
与你我一样青涩的脸孔，
挥动着拳头，像被点燃了。
再次停电后，陷入一片漆黑。
等我脱身，走出被锁的宿舍，
世界已恢复平静，鲜花绽放，
鸽子和风筝，一起飞过村庄上空，
像什么也不曾发生过。我哥哥
从鸡公山下跑回来，焦虑地
对我说着什么，语调沮丧而疲惫。

我们坐在星光下的麦地,安静地

听着,你突然捡起一块石子,奋力

掷向天心深处（麦田上空的飞碟！）

……我们一遍遍涂抹那张纸,

而后,我成家,埋头写起了诗。

（我至今也没想清,你为什么

在几天后把生命交给了一瓶甲胺磷？）

你走后的更长时间,我活成了

那个在心里曾经白眼相睨的家伙,

留在小镇,浑噩地上课下课,

把规范的教科书,相授给新来的

孩子,偶尔与人说起那些泛黄的日子,

也陷入恒久的沉默。在弥散的

农药气息里,细节越来越模糊,

直至不再记起。而在意外之外,

你的父亲,把你的遗物慢腾腾地放到

板车上（他拒绝我安抚和相送），

拖出学校大门外,才掩面哭起来。

我写下这些,三十三年已成过往,

如果你活着,也该到了退休后的日子,

但你把自己定格在夏天,作为我秘密的

成人礼,葬身于一个词的黑暗,

我想起时,也从用力握紧拳头,
渐渐变成了,颓然摇头后一声叹息。

野长城

多年前我去登居庸关长城,
途中遥望那些未及修缮地段,
破碎地隐现于群山之巅,
彼时脚下台阶多新砖堆砌,
所历风雨比我还少。我停下
脚步,渐渐消解了心中升起
的神圣和仪式感,觉着月球上
望见的仅存,也不过尔尔,
修葺如旧,亦难改赝品本质,
甚至是对历史的某种冒犯。
我从心里不认同这样的创造,
不再想继续向上登顶。说到底,
历史遗迹作为文明的记忆和光荣,
让我们自豪或痛惜,我们歌唱它,
凭吊它,怀念它,圆明园一样
作为绵延的遗址公园,该多好啊。
如同"世代建造,至今也不曾完成"。①

---

① 引自卡夫卡《万里长城建造时》。

我们甚至可以把风化的碎片
当作花瓣赠予人们，置于家中，
人们就有了各自不同的长城。
我们审视它，供奉它，瞻仰它，
阅读它，不再千万里赶赴，攀上
堆垒的赝品，以为登上了地球之巅。
我们把它捧在掌心，抱在怀中。
热爱它，亲吻它，养育它。把它
作为遗产，分成更多的碎片，
长城并不因此而消失，反而成了
普遍的存在，在你的血液里奔腾
澎湃，在我们的骨头里日夜行进。

现实论

现实并非你亲见,如草木葳蕤
它还是泥土瓦砾,更深处翻滚的乱石
"地火在地下运行,奔突;熔岩
一旦喷出,将烧尽一切野草,以及乔木……"①
你永远说不出现实的真实性和残酷性
你所托付的肉身,多年前已成废墟
你座下的山河,其实是时间孤岛
你不知道下一分钟发生什么。一列
疾驰的火车,可能是幻影,也可能
是灵魂本身,你不知道,下一站在哪里
停靠,或者在哪儿脱轨。现实还是涂粉
敷朱的少妇,从柔软的水银深处
映出你喜欢的模样。去年春天发生的
这个春天又重复发生——这不是悲剧
而是赤裸的过程。现实像一个老院子
狄更斯、卡夫卡、曹雪芹、鲁迅都在此住过
而时间才是它的主人。你还可以把现实

---

① 引自鲁迅先生《野草》。

想象成一座城市,它的古建和新瓦
屋顶和落叶,雕梁画栋和灰飞烟灭
它的洁癖和清流,灯红酒绿和山雨欲来
它的政治、经济、文化的道德和伦理学
你所见永远是镜花水月,诗歌和哲学
的宏大叙事,而非卡夫卡的城堡
真的现实只关乎弱小生命,蛹化成蝶
被雨水洗劫的麦子继续养花结籽。
如此你可以说,现实不可描述,源自
人的不确定性,它的律法在纸上变凉
你对现实的描述,被另一重现实
指认为荒诞不经,它是不可言说的
仿佛月亮的背面,在抵达的途中迷失。

自然解析

所谓"道法自然",你可以把自然
解析为宇宙、时间、生死,春去秋来
没人与日同辉,也没人与天同寿
更多人命比纸薄,呱呱落草
就向死而生,风中奔跑的少年,比风
更早倒在终点——他的一日长于百年。
你手指的世界屋脊,亿万年前曾是沧海,
你怎样把海水唤回?你用尽洪荒之力,
世界再回不到原来样子。人有一死,
止于鸿毛散尽和泰山崩裂,累加的
爱恨情仇,也不能让世界停顿分秒
随时间而来的智慧,给你历史的再教育
更多的小人物,继续改变着它的进程
他们不留下名字——甚至不在《录鬼簿》上
留下名字。你也曾站在交河古城前,
参看被定格的时间,残垣断壁
与寸草不生,成为文明展开的镜子
那个骑骆驼走来的人,还身着唐装汉服
你离乡经年,故乡早非旧时模样,石桥

不见流水,宗祠不见列祖,荒草食尽道路
亲朋故交归去来兮,田埂上走着陌生新人
"此心安处即故乡"——这是健忘症,
也是道之所存。你对所有生老病死
心戚戚然,偶尔在他人的故事里
逆行,为自己无端泪涌。

柿子与石榴

楼前小院里的柿子一如既往。在秋光中
既丰硕、饱满,又是生长的,青涩表皮
积下更多白霜。入秋后的
每一天早晨,我推开门,看见它
密集枝叶间的身影,也看见另一侧
纤细枝头上零星的几颗石榴——
我总是舍不得摘下它,送人,或吃掉
即便年年被邻人借夜色掩护,辛苦地偷去
我只享受多看一眼的幸福已足够了
这时候,我妻子正弯腰在院子里细心侍弄着
她钟爱的花儿——她年轻时就乐在其中
从没想过独自拥有它,以及她生下的儿子和女儿

在细雨中……

冷雨滴答,你所见一切
都在被记录——不是笔墨和纸
更发达的办公和通信工具
而是被城市、街道、落叶呼啸的
行道树、砌入墙壁的砖石
看不见的尘埃、深夜晃动的光束
拖着行李箱的人群
旷野上的逃出者、枝头残留的
最后的一片叶子
隐忍的、煎熬的、皱褶的、婆娑的
星空,陡峭的时辰……

谁还在黑暗中忙碌着?
他已精疲力竭。谁被强劝
和驱赶,还滞留在风中
听见茫茫窗户里传来的恸哭?
老人和孩子
大巴的长龙……这光辉的城
通明灯火里钢铁护栏的潮湿和阴冷

这如梦的生活……

在细雨之外,恐怖的乌云
在你的心头放纵着舞步——
向你张开不容置疑的臂膀
在忝列受难的队列之前
没有人一直高举手臂,像行走的榉树
把深藏的勇气带给寻觅的燕子

哦,这破碎巢穴还能庇护什么?
这冷雨斜织的街巷,爬行者的队伍
在不断壮大,你的头颅拱入泥土
被黑夜淹没的脸,带着泪和笑
爬过消音的穹窿,像被置换默片时代
你的不归路,所有人的日暮途穷……

柿子谣

把最后的柿子留在枝头,
以照亮漫长的冬天。

把最后的柿子留在枝头,在叶子落尽之后,
让飞过的雀鸟被吸引,
安心停歇下,伸出尖喙啄食,去填充黑暗的胃。

把最后的柿子留在枝头,
让风夺去它的甜,
雨摧折它的鲜红,白昼的光依然簇拥着它,
你从睡梦中醒来,抬头又看见。

把最后的柿子留在枝头,
春天回来了也不要摘下。

落日颂

这世间,唯"落日难以穷尽"
在大海上,我目睹过
它浑圆的坠落,残阳如血
每一道波涛,瞬间壁立,又摧毁

我经历过,它从升起
到退隐,在九十九层楼顶,以手指之
轻狂地,仿佛忘了
俯首即万丈深渊,滚滚红尘
它有赴死的慷慨
每天一次,但黑暗总是先抖开了襁褓

我也曾想过,用一根绳子
把它系在群峰之巅
令山河起立,万方倨身。又在子弹
飞出枪膛的刹那
抬手摘下它,一把放进掰开的胸腔

而落日泰然,如亡命

的父,在丧乱之前已心生去意

……这世间呵
唯更多落日,你不可辜负

百合与玫瑰

"给妈妈订了花儿,百合
与玫瑰,它象征你们的婚姻与爱,
你要备好花瓶和水,小心呵护……"
我们的女儿,拙于爱的表达,
她从不巧言令色。如同她订来的花
解开包装,插入瓶中,素白与鲜红
只为匮乏的春日,平添几许亮色。
这既非节气,也非纪念日的日子
它们的绽放和香气,注定很快褪去
谁听见花瓣落地的惊悚,脱开"枯萎"
这个词,来见证生命的短暂过程——
它的鲜艳颜色慢慢转暗,与老客厅
融洽一体,在有限的时间里完成自己
时间何其残酷,女儿在长大
在茫茫人海里越走越远。她递来
百合与玫瑰,像心血来潮的贸然回眸
温情刹那间涨潮,溢满我心胸
在读写之余,我偶尔打量着它们
忆起有关她的点点滴滴,更多细节

注入瓶中,延长着花开的期限

也赋予其更多意义。比如时间、生死、爱……

低　语

"不是这样——"折叠的
世界，凌乱的桌子、椅子，
星光轻拂窗帘、面包、牛奶、
野草莓的嘴唇。夜色被露珠
点亮，羊群在天空奔跑，
新一天尚未诞生……生活的
透明杯子，你要端起哪一个？
苦咖啡咽在喉咙里，一个声音
在说："我偏爱它的难以下咽……"
另一个夜晚，我们走过街区
从不同窗子亮起的光，交织
错落，虚空里一声尖叫，恍若
旋流。我们停下脚步，却什么
也不曾发生。被惊动的鸟儿，
掠起翅膀，消失于天空深处，
星斗转暗，街区并不因此弯曲
或折回，道路一直游向光亮处。
不像我独自在家，忽然想起
生活在乡下的父母，衰老

一点点损耗他们,把他们变成
汪着雨的枯枝,死亡在尽头
招手,他们的身体互相倚靠着,
抵抗持续的风吹。孩子们去了
不同城市,他们身上生出的枝柯
已长成新树。云朵在天空聚散,
时而低垂下来,仿佛伸出手
就可以抓住它空无的存在。
而等待数星星的深夜,鸽子
以灰烬的形式,冉冉升上天空,
又化身阵雨,砸向窗外合拢
的黑暗。北运河冰面的反光
刀锋一样落上我冻僵的脸孔。

另一个黎明

在光芒分娩之前,
一颗露珠,
悬在世界所有的草尖——

比羔羊目光更清澈,
更润泽,
仿佛第一次睁开。

鸟儿从松茸的睡眠里消失,
一枚松针落向山谷,
如天籁。

诗人在铺展稿纸。
穿红马甲的清洁工转过路口。

一首诗,即将诞生。

克服之诗

我在克服遗忘
用纸和笔
我在克服腰肌劳损和脱发
用奔跑和一顶帽子
我在克服残躯里热情的余烬
用黎明的鸽子

被克服的天空
落下烧焦的麦种
被克服的最后一滴血
生出老虎的呻吟
当我从长夜的
裂隙里,看到一线微光
还是习惯地,撕开胸膛迎上去

一个声音说:"在自己身上
克服这个时代——"①
另一个声音回荡:"看!他的手在抖……"

---

① 引自尼采《查拉图斯特拉如是说》。

一步之遥

嘴唇诉说疼痛、愤怒、悲欢
以嗫嚅或战栗——
不止息地,加入舌头的搅动和伸缩

像钢琴和乐队。当光照见你的脸
完成一次拯救,
但光如何
诉说漫长的漆黑?
从你眼睛里,爱如潮水却不发出声音

你还要支棱耳朵,让风灌进去
踏尘的千军万马
留下蹄声翻飞,白茫茫的,雪压着雪

当马蹄也散尽,唯余一具枯骨
被年幼的孩子
指给拉着她手的母亲看
被一块石头从泥土深处,托举出地面

你的漫游,约等于七日
或更短,有宴饮,
聚散,别离。长亭更短亭,孤云独去远

你手中端着的杯水
微澜皱起,却在穿过喉咙时
荡起大海的巨浪

像一步之遥的
春天。等待你推开窗子
奋力地一跃——

秋日忆

旷野上,更多野花
俯仰在低处
随风的枯草,仿佛灰烬过火

我认识的作物已刈割殆尽
从更高的枝头
残留的浆果,射出一窝窝红光

而疾驰的火车并不放慢脚步
它还要赶很远的路
去把浩荡的车厢,运送另一场春风

也有人注意到了窗外风景
他把脸孔贴紧玻璃
在离散的暮光中,渐渐合上了双眼

归鸟投林,流云散尽
寥落的旷野上,只剩下群山的阴影

跟从一只白鹭

塘河上,我跟从飞行的白鹭
一只,或一群
掠过水面,从波纹中
看到另一个自己,有时顾影自怜
抖擞翅膀,深喉里发出近于人的唳叫。

天心月圆时,
仿佛纸上来客——

我怀疑它以飞之名
掏空了自己
只留下皮囊,与河上孤屿和岩中花树共生
而完全
失去了重量。

仿佛如此
并不耗损其作为鹭鸟的完整性
如果一场雪飘下,必有
另一只灰鹭,迷失于枯枝斜出的轻逸之美

流水和船只,有各自的路径

并非所有顽石

都接受手指的唤醒,成为沉默之子

香樟木也有不明就理的快与慢

月亮的潮汐,带来

白鹭翅膀的阴晴变化,却不给它栖息之壤

如果这尘世有种东西

能带走我

应该就是白鹭。它收敛翅膀

我的父亲

就结束了一生的梦游

现在,他的悲伤坐在树墩上

像更多白鹭离去后,留下的苍茫幻影——

开　花

先开一半朵，而后三两枝
等到一树树恣肆地
高擎不同颜色的火苗
树下的看花人，已渐次迷失自己

我见过最凄美的花
因为开得早，成了冬天的殉道者
另一些因太晚错过了花期

我见过最短暂的花
开放和凋谢，像照亮黑夜的闪电

你见过荒原开花吧
你见过石头开花吧
你见过孤独开花吧
你见过鲜血开花吧

一生开一花，一生开给一人
像一种虚幻的真实

与周遭事物没有一点儿关系
在五步之外,仿佛世界中心的盛大岛屿

我从没见过的花,开在人心里
你无法描绘她秘密的存在
她的美,一次次改变了世界

月壤一种

这来自月亮背面的
泥土和碎石
作为弥足珍贵的礼物
是否容纳了遥远宫阙的柱廊,独舞者的柔韧术?

而来自仪器的分析,更重其
肉身构成
对伴生星球的应和
像两个人相爱相杀,命运在不经意改变了走向

留在纸上的手,小心地航行
推开更多的波浪
如同你写诗,用词语带来马里亚纳的漆黑

——你写诗,从漆黑中拔出光
抓住那些消逝的水母,去重新命名它

这来自月亮背面的礼物
是否也负载了

大海的潮汐和恒星的细屑

在新的风暴诞生之前,它仍静若处子——

只偶尔露出狮子的本相,像伸手

向我们索要什么

而你已不能从身体里掏出更多馈赠

你写诗,也是在替灵魂的众我,寻找归一的月壤

孤月高悬

没有一个写诗者欣然接受
源自非文本的标签
如同你头顶孤悬的月轮
她只把光芒倾洒人间,并不在乎
李白、杜甫、苏轼、张若虚们自古以来如何命名

他们只看它阴晴圆缺
引动了海啸
你心中的潮汐,却不曾见证
抵达你的途中,曾生发了
不止一次弯折、断裂、反复的量子纠缠——

这神秘主义的月亮,至今
仍是不解之谜
随你的命数——升起,落下
孤悬天心深处。从不以泥中莲花的生死为参照

偶尔的,你唤之玉盘
然何曾见其旋转?

她只偶尔低头,如鹤舞

背转过身去——

以俟看尽尘世冷暖,再次拒你于千里之外

你还从水中看到她

其破碎,其荡漾,其近且远

晶莹、剔透,堪胜珠玉

实则却比一条大河,更浩荡,更虚无

从酒中,你一次次痛饮

唤之"孤月""婵娟""广寒"

像忽然看到了"对影成三人"的依稀过往

月亮哦,她的神秘主义

也仅是一层外衣

亿万斯年,她从不曾衰老

只在为你抵挡天外灾异的撞击中,早已遍体鳞伤

一头牛的一生

一头牛必须出生——
这非其所愿,之前它
曾想永留在羊水的簇拥中
但濒死的母亲推开了它——
从子宫坠落尘埃,疼痛的闪电
沿骨头的裂隙弥散,像火
在吞噬火。你不能抓紧
也不能松开,只能颤巍巍
迎风站起,挪动脚步
猛抬头,看见缭绕的云雾漫上青草

一头牛要活出牛的样子——
必须涉过忘川,穿过
低处的草场、山谷、更高的垭口
舌头卷过石头上的盐巴
喉咙里饮下月光里的海子
春天的时候,它爱上一朵花
夏天的时候,爱上另一头牛
秋天爱上云朵及鹰的倒影

从第一片雪上看见母亲扩散的瞳孔

入鞘的刀子在蠢蠢欲动

一头牛决定饮刀而死——

不须为自己寻找死的理由

这美好而狂暴的世界上

一头牛活过四个季节

也许就不再仅仅是一头牛

它的眼里溢出你熟悉的语言

当它一次次逃离牛群，反复地出走

却总被流水的缰绳带回来

无尽的悲恸化作一声长哞

抽出的刀子也软下来，被它最后的泪水攥紧

一头牛背负草原，以活赌命

它目睹一粒尘埃隆起壮烈雪峰

又用死绝断了众生向上攀登

马　说

1

再没有人，能像休斯那样
写出破晓前的马——
从黑夜里破壁出来，
灰色的，巨石般屹立，集结在地平线上

被风暴雕刻，石头的鬃毛
鼻孔喷吐白雾，
隐忍着，骨骼开裂，辐射越来越明亮的光

……灰色马。破晓前的荒原。地平线……①

2

但是，你可以试着写黄昏之马

---

① 引自特德·休斯诗《马群》。

草地或树林边
黑夜比落日更快地覆盖过来
在天黑之前,它以另一种方式呈现,继而消失

你根本不能走近,更不能挽起凝霜的汗水
莫须有的缰绳,眼窝里的泪迹
也许它碰巧停在那儿。它还要赶很远的路

在天黑之后,村子里最后一个人
从雪山上下来——
你看不见他的脸。他蜿蜒的脊梁隆起马骨的轮廓

3

散落在泥土里的马骨
被闪电击中后,渐渐聚拢起来
再次发出咴咴嘶鸣

4

一把以马尾为弦的琴
它的乐音是马匹附体的魂灵在奔跑吗?

聆听过马头琴的马,拒绝

回到马厩里。它对着拉琴的老人

轻轻喊了一声"父亲"

夺眶的泪水,流成了草原深处滚鞍的大河

5

垂悬于马背两侧的铜镫

空着锈蚀的等待

翻越马背的少年

猛抬头,看见另一侧的草原和雪山之巅

6

衰老的母马,躺卧在马厩里

像极了我们的母亲

她的眼睛里,蓄满焦渴的湖泊

当你白头飞雪从远方归来

她用湿热的嘴唇

亲吻你,眼睛里汩汩流出白皙的马奶

7

一匹马在夕光下
的草地上,安静地吃草

不!是夕光下的草地
在安静等待一匹马,消失在青草深处

这是世界留给我的
最初的记忆,最后的幻影——

8

另一匹马,埋头于草丛
其实是埋头于青草挑起的,露珠的河流
流水里的石头、星空、鸟影

被高处引诱,它把头颅埋得那么深
听见草原在荡漾、翻卷、去远
像你埋头于一窝词语锋利的光,而沉溺不醒

9

一匹马走进酒吧,

它打着响鼻,固执地,

向年轻的侍应生索要草料。

侍应生伸出茫然的手,

摸它的眼睛、鬃毛、蹄子,

然后,递上一杯红酒。

它接过来,坐在靠窗的地方,

望向窗外,偶尔低头,

饮一口酒,继续望向窗外。

事实上,也许并没有马,

走进酒吧,是刚才进来的人,

坐在靠窗的地方,他

望向窗外,偶尔低头饮一口酒,

继续望向窗外。①

10

在尼勒克草原

---

① 引自戴维·格罗斯曼小说《一匹马走进酒吧》。

满眼都是叫不上名字的草

鲜红逼人的野罂粟花

我看到了两匹马

一公一母,低着头吃草

顺口把混杂的野罂粟花也吃了

有陌生人走来

也懒得抬一下眼皮

其专注让我心生羞赧

吃饱了肚子后

两匹马开始昂着头亲密

顺眼把天边的云彩也看了

有陌生人走过

也懒得抬一下眼皮

其专注更让我心生惊叹

那是十年前的初夏

我第一次去新疆

看到两匹马

在尼勒克草原上

专注地吃草,亲密

野罂粟花红得逼人

满眼叫不上名字的草

一直绿向天边

11

这世界所有的姓马者——马超、马援、
马致远、马叙伦、马寅初、马思聪、
马尔克斯、马利亚斯、马拉多纳
甚至马鞭草、马革裹尸……在你们生命里
是否都有过一匹马的身影?或者
你们睡去之后,也曾现出过一匹马的原形?

——如是。我爱你们……

12

如何从马骨中夺回走失的蹄声?
有人以马皮张鼓,
以木器,反复击之
另一个人取下马尾,缚上琴弓,拉出安魂曲

哑默的诗人,选择远远地走开——
他用词语复活了那匹马
让它从纸的山谷开始
再次奔跑起来,向闪烁的星群飞扬起长鬃

13

在《伊里亚特》的后续里,任何人
都可能被作为木马
拖入特洛伊城。失明的荷马不再看见

而我活在另一个王朝
继续呈堂证供,领受着鹿群的庞大阴影

14

爱上女主人的马,从远方带回了
她的父亲,并接受了刀子的屠戮——
它僭越了人与兽的边界
用被父爱剥下的
残破的马皮,卷起她,飞去陌生的树上,
成为一匹蚕马,结茧,吐丝——
吐出绵延的丝绸之路,
穿在我们身体上。这不容于世的壮烈爱情。①

---

① 引自干宝《搜神记·女化蚕》。

15

一匹马来在雪原,若干年后,
它成为雪的一部分。而雪山
不再有马的神迹,唯崩散的雪
燃烧着茫茫的寂静。如果两匹马
来到雪原呢?相隔冻裂的
松林、丘壑,或幽深山谷,
我听见马儿湿热的鼻息和喘息。
但我不可能同时接近两匹马
——即便梦中也是如此。
再相隔一层玻璃,我与它们
已分属两个世界。我徒劳地
望着它们,化作一团雾气,散尽。
如果十匹马来到雪原,它们
壮大成为马群,鬃毛在风中狂舞,
马脸的旗帜,闪烁远方弯折的阴影。
此刻,雪山已空,更多的雪
纷至沓来,像马的辎重队,
在夜色里行进。我听见沉闷
的踩踏声,冰碴在靴底凝结、融化,
涌动着数不清的、破碎的脸。

如果一万匹来到雪原,整个
雪原都停下来,不再发出声音。
我也曾走过入冬的雪原,望见
那些力竭的马,卸下辕轭,嘴唇
用力够向远处的枯草,遗落的豆萁,
眼睛里生出父亲眼中才有的光芒。
作为曾经的牧马少年,我拒绝
再把手中的鞭子抽向它们!我目睹过
它们从雪中消失,又沿接下来的暗夜
踏雪归来,为我带回另一个世界的消息。

16

永远不要向着沉默的马匹落下鞭子——

"1889 年 1 月 3 日。都灵。在维亚·卡罗·艾尔波特酒店的六号门前驻足的尼采的目光被酒店外停着的一辆马车所吸引。老车夫埃托雷在训斥他的马。尽管他厉声叫喊,那匹马仍然倔强地一动不动。埃托雷怒火中烧,举起鞭子朝马背抽去。尼采冲出酒店,挤进围观的人群,制止了埃托雷。然后,他跳上马车,张开胳膊,抱住了马的脖子,失声哭泣起来。人群中的邻居认出了他,把他带回家。尼采在矮沙发上躺了两天,一动不动,一言不发,最后喃喃道出了他一生的最后一句话:妈妈,我真傻。在母亲和姐妹的照顾下,他的脾气渐渐变得温和,又平安地活过了十年,但没有再写下一个字。"

哭泣的尼采并不认识老车夫埃托雷和他的女儿。也没有人告诉我们,尼采从马的眼睛里看到了什么。那匹马也和老车夫埃托雷一起消失在荒野上。我们只是确定,是这匹都灵之马,带走了属于尼采的所有秘密。①

17

雨落在荒芜的草原上,

落在一匹马辽阔的脸上。

一匹活着的马,它的脸上

有无尽的眼睛、鼻孔、耳朵、

嘴巴、毛发、晨昏的光线。

也可能是一匹死去的马,

而雨没有停下来,它继续

落在马的脸上,抽打它

暴露出生前的,草原或沙漠。

哦,这灵异之马来自何处?

---

① 引自贝塔·拉尔电影《都灵之马》。

变幻的脸孔,在生死之间,
被一滴雨,反复鞭笞和照耀。

18

你知道那匹叫斯科特的马吗?
在我们矿场地下的黑暗巷道里,
它紧跟着父亲,身后是运炭车的
轰鸣,夏火的炙烤下,它双腿间
和马轭下的汗液,搅成了泡沫,
星星点点的白光,飘落在
闪亮的鬃毛上。冬天它依旧
紧跟着父亲,穿过结冰的沼泽,
喘着粗气,马蹄上方的距毛处
被割破,留下一串带血的孔眼。
又一个冬天,雪橇上煤块如山,
它用力拉着,肚皮几乎碰到地面,
朝两侧猛烈摆动——它懂得的,
要往前走,只得如此。它这辈子
仿佛是我父亲的影子,被麦克雷
的破卡车运走后,我们再没见过,
就像它从这个世界消失了一样——
你知道的,它不是布罗茨基的黑马,

不会来到我们中间,寻找它的骑手。①②

19

该如何描述一匹新近出土的马?
它青铜、石头,及过火的泥土身体
保持了千年的,奔跑或飞翔的姿势
纷至沓来的蹄声,传遍了泥土下
的空阔草原。现在,它穿越时空
找到了你,在你面前停下来,与你
互相打量着。哦,你们能否再走近些
走进对方身体里,完成灵与肉的
交换?从此以后,你也是一匹马了
走上街头、草原、战场。在能抵达的
所有地方,你的眼睛里,闪烁着
马的沉默、倔强,人群中无际的孤单

20

我把目光投入猪圈。我看到了我的马,

---

① 引自麦克劳德小说《秋》。
② 引自布罗茨基诗《黑马》。

不是一匹,而是两匹,但看不清颜色,
仿佛受到了意念驱使,它们挤开圈门,
自己走出来,驾上马车,把我带向了
病孩子的家里,细察他遍体的伤口时,
两匹马把脑袋从窗口伸进来,肃穆地
望向病人,其中一匹还冲着天花板嘶鸣。
等我被村民们剥光衣服,扔到风雪中,
丧家犬一样爬上马背,我的马驮着我,
拖着那辆马车,从你们视野里消失了。
从那个晚上,我不再是医生,而只是
一个老人,坐着人间的车,驾着
非人间的马,到处漂泊——等再一次
想到我的马时,已经几百年过去了,
我用力攥紧了手中已化成灰烬的缰绳。①

21

"记忆中那匹马,给予了你什么?"
当你的目光越过山冈,跟随着它,
独自在旷野上吃草,去河边饮水,
低头时看到水中的倒影,像另一匹

---

① 引自弗朗茨·卡夫卡小说《乡村医生》。

陌生的马。它的嘴唇，很久不再移动。
你慢慢走向它； 它也抖着鬃毛走过来，
用湿热的鼻息蹭你。你们似乎读懂了
彼此的沉默，沉默中隐忍的爱与恨。
在另一座马厩里，你们曾彻夜长谈，
旷野低处的光，照亮那黑暗中的脸。
在梦里，你骑着它，去到世界任何一个
地方。那里有你们的家——你和马，你们
驻扎下来，成为传说中，遥远的人马座。

22

在两匹马之间，是一座石头的废墟，
奔出石头的马骨，带给你更多不确定的晚年。

23

你有没有从村庄中央的水井里
看到过漫天燃烧的星光？
日晷转过正午，从深处又浮现出另一张陌生的马脸

……世界呵，你蓝色天空的牧场
转动石头的井栏，就收拢了永恒交替的白昼与夜晚

蝴蝶标本

1

当我说出,作为标本
你已经历过死亡和复活——
不在转动的轮盘赌里,
而在流淌的方形木框内,
你所有的飞舞都静止下来
以不同姿势,收拢了
时间的多义性。死亡唯美
而不忧伤,我看到针尖
闪烁的芒刺,从你的斑斓
肉身和翅膀下闪烁,多少
季节的轮回,一只蝴蝶
才有机会飞临尘世的大海,
并被我双手捧起——这是
一首诗的命数吗?相遇,
然后,接受作为标本的命运——

2

荒野与幽谷的日子
嬉戏与流连，无尽夏
的朝朝暮暮，与海誓山盟
在被捕捉之前，我们浑然不觉
那无所不在的网，像遗传的
趋旋光性，而温柔的指尖
才是生死陷阱。这小心的爱，
穿过身体的国境线，什么样的
力让我们束翅就擒？我们
只在枝头留下爱与死的痕迹
在闪电劈开的午夜坟墓，在
戛然绷断的小提琴的 G 弦上——
每一双折叠的翅膀，都是我们
的合体，它停下来，渐渐失去
所有水分，成为缩小的木乃伊。

3

猫有九命。据此，你是否
也可以说"蝶亦如此"——

或者说,生命消失后的
蝴蝶,只剩下具体的色彩,
以及抽象的美学和诗学意义?
在博尔赫斯的掌纹抚摸下
落日染上了老虎的金黄,
从虚妄中熊熊燃烧,给失明的
老人带来更多蝴蝶的幻象,
并随时间流逝,最终成为
一座斑斓的废墟,在他
遥远的抚摸下,渐至冰凉。

4

在牛郎织女的故事里,
天庭的女儿们,到人间的
河流里戏水,放牛郎
藏匿了织女的衣服,无法
返回的织女,不得不留下来,
放牛郎归还衣服,织女做了
他的妻子。罗伯特·勃莱
在《寻找美国的诗神》里所提及的
"青蛙新娘"的故事则相反——
为参加国王的舞会,她褪去了蛙皮。

舞会上每个人都为她的美貌着迷,
她的丈夫见状偷偷离开,回家
烧掉了她的蛙皮。青蛙新娘,
只好弃丈夫而去。勃莱说,"抛弃
蛙皮,将无法与古老、本性的质量
发生联系——我们都曾
以不同的方法,焚烧自己的蛙皮……"
生命消亡后,作为标本的
蝴蝶,是否只延续生物学意义?
虽斑斓尽在,却"斑斓"尽失唉。

5

"一个婴儿在追蝴蝶
一个少女在追蝴蝶
一个耄耋老人在追蝴蝶……"

——他们共同的蝴蝶,
最终消失在庄周的梦里……

6

浪尖上的蝴蝶

草原上的蝴蝶

钢轨上的蝴蝶

列车上的蝴蝶

山谷中的蝴蝶

峰顶上的蝴蝶

枪刺上的蝴蝶

花丛中的蝴蝶

玻璃产房的蝴蝶

墓碑上的蝴蝶

穿过针孔的蝴蝶

落日带走的蝴蝶

在定格成标本后

是否借此获得了

对峙死亡的

亘古的宁静?

7

蝴蝶飞过长安街

落日照亮国贸桥

8

在傩面博物馆,我从
张挂上墙的面具上找到了
对应人类各个种族的斑纹
而斑斓的蝴蝶,是否因承载了
不同的灵魂,才生出千姿
百态和不同重量?如果可能
我想把蝴蝶博物馆,安置
在土星环的光下,人类可由此
获得宇宙最大的秘密。
但仍没人能回答:一只蝴蝶
能飞多久?所有蝴蝶加起来
是否大于一首诗的存在?

9

我怀抱一只蝴蝶去看你——
因此感染上了它的斑斓和鲜艳
哦,这飞上波音-757舷窗的蝴蝶
也穿越了三千公里时空吗?
当积雪融化成奔腾的伊犁河

蝴蝶也成为那拉提的一部分
甚至毗邻的另一座赛里木湖
被羔羊眼睛和果子沟的葡萄收藏——
当我双手合十,一只蝴蝶
从天山的裂隙里倏然飞出。

10

在成为标本之前,你以
灵敏的触须和无垠的翅膀,
获取了美学的意义（那些
前仆后继追蝴蝶的人啊）
如果飞舞是引诱,并由此
降下罪愆,成为标本,
也是最后的逃逸和解脱。
生命从一秒钟里破茧而出,
因为恐惧和保留的前生记忆,
"你旋转,若一粒尘埃,飞越
人类头顶,忽闪的双翅,绽开
斑斓魅影……"而谁能在纸上
挽留你荡起的花粉和喘息?

11

"不要与一只蝴蝶对视,
滑向它的足下和铺展的身体。"
——哦,你用残留的触须,
探险出了所有翅膀的边界,
不再留下尘埃和斑驳的暗影。
在蒙尘的残卷和博物馆里
沉睡,你睡眠的量子纠缠
是看不见的宇宙黑洞,
横在时空的穿越和离散中。
"灵与肉都近于透明,蝴蝶
并不存在,你所见的尽是幻影——"

挽歌：祭二伯

1

我们还有破损的墙壁与屋瓦。冬夜
寒气让屋子变得昏暗，如同盛放你的棺木
让尘埃变得难以平息，我们坐下来，
用回忆的碎片补缀完整你平凡的一生。
我们悲恸的泪水不足以动摇你活过来
——你有秘密的、对世界的理解和想象，
只有撒手离开后，我们才反复
忆及对你的愧疚和亏欠。既往的
童年岁月里，你的养育像贴身的衣服，
裹紧我们瘦弱的肋骨，带来光热、
欢喜、叛逆、成长的力量——
我从出差途中折返，回来你身边，
你已先一步返回时间的褶皱。
你说："安静些，让我安静，让我
在昏暗中把你们忘掉，也忘掉
我自己是谁。"你并不信奉神灵，与长夜

融为一体的,那照亮时间的烛火
多么微弱呵——我们跪在你周围,
胡子拉碴、潦草,根本不像你养育的孩子。
但你原谅了我们,并从弥散的空气里
把我们一一指认出来。

2

一大片旧坟中间,我们用新土
安葬下你——就在早晨,我最后看见
你躺卧在松香萦绕的棺椁里——
你那么瘦弱,脸庞光洁、舒展,
像熟睡的婴儿。女儿用清水
给你净面,我们被允许看你一次
(最后的告别),接下去,
棺盖合拢,入土为安,作为新人,
你将再一次获得在父亲膝下
承欢的机会……我们跪在你坟前,
祈愿长辈恩宠你,兄弟们
给你无尽的怜爱。一座新坟,
像贸然的闯入者,可以任性地取消
旧坟的荆棘蓬蒿,四面涌来的荒芜
并继续取代虚拟的群峰。你躺在

石头和泥土下,与之交换新的昼夜,
呼吸它散发的气体,在我诗里留下
蒙尘的影子——这是你的应许之地,
在罹患阿尔茨海默病之前,
你无数次设想的道路,并不曾
因你的抵达而慌乱——在这里,
你能听见风声和流水,把我们
无法目击的事物,交代给早晨和暮晚。
而覆盖你坟头的花圈和纸幡,
终将被时间忘却,你尽可以终日
躺卧那里,等待我们终有一刻
叩响你钉紧的门扉。

建筑册页

1

应该起草一部律法范式,
从外形、骨架、材料、工艺,
到工匠之手,制定出数字化标准,
让新的建筑在时间中诞生,
并持续到达,而不是拆除或消隐,
几百年后再被考古发现。要革除
榫卯,刨出木纹里的牡丹和白菊
而砖泥的河流竖起,如灯塔
劳动者把它和新婚的娘子一起
扛入洞房,俯身不辍地耕耘,
作为大厦之基,接受钢铁浇灌。

2

去宇宙中心建筑一座歌剧院吧,
不是贝聿铭的贝壳,T. 冯·汉森的

金色大厅,也不是安德鲁的国家大剧院
如月亮环绕地球,带动大海的潮汐。
第一场演出座无虚席。舞台
中央却只站着一只蟋蟀歌唱者,
它拎着自己的嗓子,从追光
跃上穹顶,用翅膀的摩擦
唱出宇宙的美声。啊,万物在倾听。

3

如何竖起一架柔软的梯子,
直抵马里亚纳海底深处?
愈向下愈明亮,把我们
带回母腹的深水,新生出鳍尾。
我们摇摆身体的线条,在向
海底的旅程里,听见音乐轰响——
弯曲的天空,锈蚀的铁器、
铜器和石器。我们用盐结晶
一个光明共和国,信仰的教堂。

4

越来越高的大厦

被太阳风俘获,

它遮挡了神的视线。

"哦,不能再高了……"

入云的塔吊却继续升起来,

挂壁的工匠像硅基蜘蛛人,

擦拭宇宙的记忆:这钢筋水泥的积木。

当然,你也可以

命令野草疯长,众鸟入林,

成为出没的虫豸。

但要留下鸡鸣犬吠,

留下太阳和月亮在我们左边和右边,

一伸手就能触到开关。

5

把一亿只鸟儿放入鸟巢,

把太平洋斟满中国樽,

给库哈斯大裤衩穿上苹果牌牛仔裤。

如果还不够,就把太阳

切成瓜果拼盘,建筑透明的宇宙火宫殿,

给埃菲尔铁塔插上翅膀,

拧紧自由女神的发条,

也可以移走安息在西敏斯的莎士比亚和牛顿。

把扎哈的航站楼移去月球背面，

在故宫地下复制一个故宫，

放入一百幅《千里江山图》。

万园之园的残垣断壁有碍观瞻，

拱破石头的牵牛花，用香气替我说出一切。

6

还要把更多 EDR 建筑从纸上

搬运到大地，以加增地球的

质量，拒绝它脱离太阳系轨道。

你知道的，再多的梁思成林徽因，

怎能阻挡人们把闪电举过头发的丛林。

但可以建筑更多城市——

它们八方透明，所有入住者

不再拥有个人秘密（我们是数字人类）

文字记录依程度分级，街上行人

必须有碳基或硅基的明显标识。

不可施放更多二氧化碳，

也不在春风里生出落叶的百转愁肠，

你选择在写字楼里终老，

执一只高脚杯，醉他个昏天黑地，

当你落回尘埃间，必像胜利者凯旋。

7

"……哦,年轻的建筑师受苦了。
他大脑里的陀螺越转越快,
他携带折叠的建筑册页,每天打卡我们荒芜的星球。"

不一样

1

有时我想,烛光里写出的诗
和灯光下写出的诗
是不一样的:不一样的血肉
骨骼、速度。如闪电劈开灰烬

我看见有人就着炉火写诗
有人凿壁偷光写诗
在月下,在风雪中,在焦枯的树叶上
写苦难之诗,在人群里写孤独之诗
在爱的怀抱里写温暖之诗
在漆黑里摸索着写不见天日的真理之诗

——用屈辱的泪水
用膝盖和信仰,也用头颅蘸着热血

2

他一生在地窖里写诗
用石头和盐,种植碳化的稻黍
这个疯子,泪眼被盗空了
还一遍遍幻想,分开道路尽头的红海

他也不是拯救者。不能用苟活
破解死亡咒语
用残损的肉体,也不能搭建光明的梯子

……抓牢它吧。划过头顶的闪电
带给你活下去的唯一理由
炉膛燃烧,呼吸灼烫。他从漆黑里
挥动铁锤:铁砧的独角兽,火花迸溅

古柏赋

梓潼七曲山,三百里蜀道古柏参天。

1

古柏延年,它何时
流下过独处之泪?壁上泼墨已破损
但古柏残叶蓬勃,白鹤轻唳
穿红兜肚的童子,还捧着多汁的寿桃
从没人回答我,画里的松柏
呼应了照壁外哪一棵乌柏。从更高的枝头
一只飞入斜阳的乌鸦
是否带走了我童年的疾病和厄运?
眼前绿荫如云,虬曲的树身
如怒目金刚捶打着身体里凝固的波涛
——我担心它的回声溢出来
瞬间淹没了绵延的庙宇,惊动更多古柏
以你看不见的方式向天空飞

2

不可以凭肉眼去妄测一棵古柏的年龄
你精确到纤毫,反而冒犯了神性
它最早的卵形球果,与鱼共生在岩层深处
凭依墓地和寺庙存活下来的
用漏风的鸦巢,过滤了更替的王朝
一棵古柏被砍伐,新的幼树又原地拔起
我在临渊之地,听到它迎风咆哮
——它以绿荫为征战的君王撑起华盖
也庇护过苟活的乞丐、裙钗、落魄书生
由此,堆叠的乱石引导它向上
在不可知的镜像里,仗剑少侠逶迤下山
它用墨绿的叶子飒飒送行
以怀藏的箭镞,做亡命的提前告别

3

我们在古柏的凉荫里滞留太久
在它的沉默里信口开河,对着扭曲的
树干检点自己的影子,"所有的伤
都有自我治愈的本能,并封堵上

溃散的蚁穴,如同从沙里捡回散失的金子
这生长的无字碑。这疤痕的海……"
我们走过第二棵、第三棵。继续向前去
终于迷失在它参天的阴凉里
谁告诉我:沿途的古柏在想什么
夜深人静时,是否独自沿古道逡巡?
当我们围拢,尝试着环抱它
古柏纹丝不动——它沉在自身的岑寂里

4

一棵古柏也有生死边界吗?
在大火涂炭前,它也怀藏明月清风
鼓瑟吹笙,流水潺湲,
夜露升上树梢,匝地的浓荫
遮严了亭台阁楼,屋子里对饮的人
轰然倒塌,侍者出手扶稳了摇晃的椅子
掸去袍襟上尘埃,他疾步离去
却被纷乱树影绊倒——台阶落差坎坷
他爬起来,束衣沿夜色消失
满庭虫鸣和石头,由此陷入集体失声
迟来的捕者从卷宗里退出
试图斫开烧焦的树身,搜寻残留的

蛛丝马迹。但所有往事，噼啪燃烧后
都随灰烬变成了坊间的虚构
——如烛光斧影交错。
新王加冕。掀过去的一页被盖棺论定

5

檐水滴穿枝柯的流年碎影
三两声稀薄的鸦叫，从鳞叶深处
衔来沾满星子的残简，用月光
洗手的风，月光照彻它的青白骨头
我看见羽扇挑开纶巾
于电光石火间，古柏生出雷鸣
席卷了七曲大庙殿顶、檐角、哀鸿、落花
寒光解开铁衣，冰斧砍下佛头
利禄功名皆散尽，山水还回旧容颜
被搬动的石头，以青苔作袈裟
暮鼓撞击岩壁，胸腔里迸溅出狼嗥
与狮吼。……乱雪扑向群峰
古柏支撑的庙宇，顷刻化作齑粉
在身体里种植古柏的人，被秋后算账

6

雨水滂沱。浓荫遮严的古道
却是干燥的,鳞叶阻断暴雨淋头
也带来不可预知的山洪和乱石
——不可能有完美的树,杀身成仁
还用残存的根,为众生带去福祉
相邻的另一棵,敛收尸骨入土
又抽出新枝,托举漫天星光
日出日落,缭绕的烟云更多源于山水虚拟
行路者惊叹沿途松柏的礼让
却忽略了树下交叠的阴凉,地底纵横的根脉
天空摇曳欲坠,入云的翠云廊
一枝一叶都跪向明亮的神祇
谁把对黑暗的记忆埋入膝盖?
蝼蚁抱紧树根,虬枝如群山的苦厄
从时间尽头,曙色送来光的酒杯
 "你的凝视,也是尤利西斯的凝视……"

7

……愈古老,愈不可测量

被闪电劈开的树身,从空气的断头台
跪下来,头颅落地,扭曲的脆弱
大白于天下,而散入神秘
年轮里的星盏,若干年后成了神话
被后来者肆意篡改,做出悖反的诠释
树林外,兜兜转的风高举着刀斧——
它见不得投奔来的迁客。"群山涌入
桑田沧海,更多古柏客死于途中。"
时间轮回,刀斧化作尘泥
枯朽多年的古柏,又吐出了嫩芽
从曙色里飞起的灰椋鸟
看见崩溃的山河:愈古老,愈不可救赎

8

一棵古柏枯朽后,相邻的
另一棵也很快死去。这是自然的道统
咬食古柏鳞叶的老虎尝到苦味
被折断的细枝,分泌出自愈的黏液
"谁见过古柏生长,并站在它的立场
去思想四季的更替?" 绵延的古柏
让时间完整呈现,人类回馈它以屹立
古柏一俟成林,便是杂树的梦魇

一些冒险的山毛榉，抖动着浑身的叶子
饮尽阳光和雨水后，很快死去
唯古柏则纹丝不动，领受着太阳的荣耀
你以手抚树干，它把体内的温暖递给你
而把疼留给自己——当它迎向刀斧
断枝呼啸飘落，整个树林都战栗不止
"三百里翠云廊也是庙宇，万木峥嵘
入云的风骨，成为高于群山的不解之谜……"

辑二

无　限

无　限

《无限》多为残片，如同一个人时常中断的纷乱思维，它重于记录、见证、个人思考和冥想，除个人日常生活和阅读的随记，形式上借鉴了集章、随笔、时文篡改、拼贴、微小说等文体。《无限》是无序而杂乱的；但在我心中，这种无序和杂乱才更接近"诗"的原生态……

001

光影变幻，穿透铺展、聚散、游荡的浮云，
从高处绘出老虎的斑纹，那刻上我们
脸颊和身体的，也落向远山近水——
有一刹那，所有屋顶和坟墓一起从大地上消失。

002

为了看到阳光,我们来到世上。①
为了成为阳光,我们活在世上。

我冻得直哆嗦——我想噤声,
但黄金在天上舞蹈,
命令我放声歌唱。②

那一代人的梦,被侮辱
在泥沼里,在星期一的阳光下③

马路边叫卖大白菜的中年妇女,她
粗糙的手忙不停,她菜青色的脸迎着太阳。

003

你见过星光照着青草吗?
它照见了青草上的大河,

---

① 引自巴尔蒙特。
② 引自曼杰尔施塔姆。
③ 引自史蒂文斯。

它还照见风弯折的形状。
我躺在青草上睡去，星光
从天上，照见我怀抱的
梦想，还照见了我
最后的脸，落叶的心。那么
遥远的，从我仰望中落下
漫漫尘埃，一点点把我埋葬。

004

每年此日，须放下自己，须净手
须洗心，听不同的《安魂曲》
——莫扎特、勃拉姆斯、弗雷、威尔第
听《大弥撒》：巴赫、布鲁克纳、贝多芬
死难者一直躺在那儿，骨头的反光
像不断到来的末日审判，而散尽
的硝烟和弹片，把他们年轻的脸
嵌入丛生的石头，留下苟活者，
只在此日，蜕下躯壳，还原为人。

005

阅读的困顿，来自纷乱的心境

蒙尘的书架上,更多卷册被黑暗淤积

如一种重负。你所期许与在做的
恍如一辆旧马车的南辕与北辙

有生之年,我们终将碎成更多碎片
时间的雨夹雪,留下一地腐烂落叶

下一步,我们去哪里栖身?所有书卷
再无人问津,那些白纸黑字魂归何处?

当我们回来,安身在一盏台灯下,也将
生出晚年的心境,写下更多源于自我的灾异。

006

诗存在于灵魂幽暗之地,它起自悲伤,
而终于欢愉。舞蹈最初的灵感源自水边垂柳。

死亡是生者的无人地带,也是死者"凉爽的夏夜"。①
更多的人死于心碎。更多的花被自己的香气埋葬。

---

① 引自亨利希·海涅。

007

"一只笼子在寻找自己的鸟。" ①
"它来到我们中间寻找骑手。" ②
我们据此仿写道:"一颗头颅在地狱里寻找
砍下它的那柄斧头。"但除了目标的
单一和多重性,两相对比,亦有云泥之别。

008

在博尔赫斯小说《头文字》里,理查德·弗朗西斯·伯顿撰写的一部手稿在图书馆中被人发现。其中描述了开罗的一根石柱,人世间所有声音都反射到这里,传递给谛听者。人们从四面八方赶来,将耳朵贴到石柱上,听到持续的嗡嗡声——那是整个宇宙在同一时间发出的所有声音的集合。嗡嗡,嗡嗡嗡……

---

① 引自弗兰茨·卡夫卡。
② 引自约瑟夫·布罗茨基。

009

星期一早晨，他亲吻了
妻子，最后一次抱了女儿，
小心关上门，乘公共汽车
前往里特尼大街上
那座阴沉的灰色建筑——
他很守时（赴死亦如此）
他望着窗外的涅瓦河，流水
比圣彼得堡所有人都更长久。
他向卫兵报出名字——卫兵
却没有从名册上找到他。
"你来干什么？要见谁？"
"审讯员扎克列夫斯基。"他答道。
"你可以回家了，"士兵没有
抬头，"扎克列夫斯基今天不来。
没有人接待你。"他不知道，
他的审讯员被审讯了，他的
逮捕者已被逮捕。从这一天起，
每个夜晚，他都穿戴整齐，
站在电梯口，等待着新的
可能随时冲出的逮捕者。

这个城市的其他人也在这么做。
每天晚上,他都例行其事:
清空肠胃,亲吻睡着的女儿,
亲吻醒着的妻子,从她手中
接过小小的行李箱,从容地
关门,仿佛去上夜班一样。
他站在电梯口,在漫长的等待中
消耗着内心的恐惧,并由此
获得安慰,以及十字架的赦免。
"……我们可以从这里进入他的
音乐。"他依然忍耐着,而我们
在他的音乐中,渐渐老去。①

010

那从月亮射来的光,并非源于月亮自身。

几亿年以来,我们身处的地球、太阳系和更广大的银河系,一直在一个巨大的宇宙管道内环形运动,并随同这个管道在宇宙中飘移。即便这么大的管道,也不过是宇宙的一根毛细血管,犹如你居住的城市里一根最普

---

① 引自《见证:肖斯塔科维奇回忆录》。

通的地下输水管道之于地球。无数星系诞生于此管道内,也将终老于此管道内,永远不能挣脱(也许他们压根儿没想过挣脱)——这也是星系的宿命。宇宙之大之繁复,非人类(人不过是一粒粒星系尘埃)想象力所能及,恰如二维时空之外存在着三维和多维时空,不同时空交织在一起,我们看到的所有事物都无一例外地充满了不确定性——这个不确定性,造就了人类的"爱"。也造就了人与人之间的咫尺天涯,并由此奠定了人类作为地球万物灵长的地位。

那从眼睛深处射来的光,更可能源于不被看见,如同被你忽视的初恋,也可能只是一亿光年,另一星球的偶然照耀。

011

是蟋蟀的叫声,再次把你带回
灰色童年,在无数个清晨,露水的
河流浸漫镰刀,光芒沿刃口滑过
扎紧的草捆把你瘦弱的肩膀越压越低
日落后,暮色沿一片瓦楞漫开
你独自坐旷野上,被黑暗包围
等待浩瀚星星升上头顶,蟋蟀们

并无停顿下来的意思，叫声
更加恣肆——沿着这叫声走去
你将抵达一片陌生的墓地。
仿佛神秘的引诱，蟋蟀密集的
叫声分明来自坟墓深处，你想到
那秘密通道时，大野突然寂静了，
然后是长久的寂静，你从记忆中
抬起头来，去看那来路和去路
它已消失无踪，唯余一城灯火
交织着光芒，更多蟋蟀的叫声，
从灯火深处隐隐传来。

012

我注视着一滴水在树枝上滑动
那么轻盈，却缓慢，颤抖着
一直不掉落下来，溅起咚的脆响
哦，这是林中，不是雨后街头
所有树枝湿漉漉的，闪着雨水的光泽
所有叶子屏紧了呼吸，等着风起
等一滴水——这完美的光，在树枝上滑动
一直不掉落下来，发出咚的脆响

013

从那道窄门里出来的人一律跛着脚,肩膀和脑袋一齐向着左边无限倾斜下去。围观者先是十分好奇,继而纷纷效仿,这种姿势后来成了这个城市所有人下意识的行为范式和法律的一部分。

014

高速列车以 350 公里/小时的速度
穿过邻省和初冬,它沿着铁轨疾行
不停下喝口水,也不加快速度
除了呼啸的噪音涡旋,车体的安静
显而易见,更安静的是车厢里的旅客
或昏昏欲睡,或沉于网事的元宇宙
他们不会想到,密接者已悄然上车
在被要求强制停车之前,列车
与平时没什么两样,暮光照亮
车身和车窗,全部旅客明澈而安详。

015

"我站得那么静，头上的天空，
和水桶里的天空一样静。"多少年
过去了，我从远方回来，白发苍苍，
不再离去，听见自己平和的心跳，
倒映在水桶里，不溅起一丝波纹
现在，我活成了一棵野树，生出根须
和枝条，大地也褪去了鲜亮颜色，
犹如一幅潦草的黑白木刻画作
有风吹来，我的头顶不再有叶子
飘落，黑夜如期而至，白昼慢慢收拢
也没有更多星子点亮夜空，从遥远
地平线尽头，群山汹涌，燃烧的落霞
借助一只倦鸟，送来灰烬的冰凉。

016

思想者坐在午后的街心公园，光影
落上他的铸铁之身，还有斑驳的
锈迹、埃尘、鸟粪，但只要坐那儿，
他就不停止思想。他低首，眉头紧锁，

以手托腮，始终如一……他在想什么呢

一个思想者，即使从地狱之门，漂泊

来到破旧的街心公园，即使他是赝品，

也不改变思想的形象——他到底

在想什么呢？而时辰已经来临，从远方

驶来的，轰隆隆的铲车越来越近了。

017

明万历皇帝朱由校荒于朝政，而专心木工手艺，他复制了微缩版乾清宫，复原了诸葛亮的木牛流马，发明了最早的折叠床（待考），设计并现场督造了新的皇极殿、中极殿和建极殿。他用一生的时间制作一只木鸟。木鸟长约五尺，展开翅膀约六尺，用金丝楠木磨刻的眼球有幻视功能，能看到过去和未来。木鸟在宫廷里低空飞行时，所有的大臣和宦官、嫔妃、宫女莫不叹为观止，盛赞皇上是天才。不单如此，每天早晚，木鸟的嘴巴里还会清晰地喊出"吾皇万岁万万岁"的男声，点头给他请安。万历皇帝沉醉其中，龙颜大喜。他一生反对钉子，终于有一天，他把朝中政事托付给大宦官魏忠贤和弟弟朱由检，自己骑着这只木鸟飞走了。①

---

① 本故事纯属虚构。

018

在傻瓜的尽头,有一盏灯
一直照亮着
你们聪明人统治的这个世界

019

被纸枷锁住手脚的人,是否犯了
朝廷重罪,又或者,他们心中戴着
另一具乌沉沉的铁枷?千山万水荒芜
也不见押送的解差,他们一步一步
朝前走,铁枷锁心,就肉身扛着落日。
有多少回,我抬头望去,在所有
道路尽头,纸枷锁紧了他们的手脚
山川负雪蒙尘,亦尽是戴罪之身。

020

我并非厌倦了那百孔千疮的
大好山河——我所有厌倦均源于热爱。

料想那大好河山亦如是。它一忽儿
把我当还家的游子，一忽儿当月光的叛徒

021

在浓雾中，只有高楼
映出模糊的影子
原野不复为原野，巨大的城市
更像一座人间炼狱。
巨鲸歌唱而我们继续工作
穿过地底，去另一个
陌生的地方，作为孤单的生命个体
接受黑夜的再教育。

022

在自闭症患者的认知里，有病的是所有人唯独不是自己。他所有快乐都建立在与外在世界隔离之后，他可能是人类最杰出的哲学家、艺术家、科学家、手工匠人、文学家、神学家、音乐家。而在常人眼中，却无一例都是疯子或病入膏肓。我相熟的出生就身患自闭症的少年，竟然说得出我生活的城市所有地铁线路的站名和顺序——他从没来过这里。另一个中年流浪汉，每天午后准时去一个废弃工地，用铁铲向地球深处挖掘，他的身后已堆起越来越高的石块和泥土。他告诉我，每天那个时辰，他总听到金子的敲门声从他挖掘的地底传来。他很快就会找到它们的——不是今天，就是明天，或者后天，他要做的就是不停挖掘。从他眼里射出的光，我在众人睡去后的月亮上也看到过。我想，在月亮的背后一定隐藏着一条抵达他们幽闭内心的秘密通道。

023

立冬日。大雪。从黑暗里
白杨树的叶子仍拒绝落下来
而发出更大的喧响。我以为
那是年轮和水在响，夹杂着
风的喧响、夜的喧响，只有
大片雪花，无辜地扑倒在地上
其实，雪的喧响才更振聋发聩
它高过我们的听力，进入无我
并借白杨树叶子隐匿了真相。

024

在一堆旧衣服里，我试图

找寻到可穿越回从前的那件
它霉变的气息,带回那些
逝去的,冒犯或颓废的日子
而沉溺在缝隙里的暗物质——他的
她的、他们的,混淆、弥散,
勾勒出我的黑白人生。我看见
它已褪去羞涩,生出皱褶和破洞
埋在一堆旧物里,孤绝地望着我
再不能容下这臃肿的肉身。

025

我选择在树杈上睡熟,而不是
在树下,傻张着嘴,等熟透的杨梅落下来。
透过密集的树叶,我看见天空和云朵,
在阳光缝合之前,更多杨梅压弯了枝条,
拥挤着,迸射出甜汁和肉质的光芒。
这时候,我敞开的身体有一半是红的,
另一半则类似树干,山风中鼾声四起。

026

对于动荡而胶着的世界,我们能说的

不是太多,而是愈不可言说,
如同天边坠落的火球,它明亮的燃烧
带来晚霞,以及晚霞消失后,言辞的黑夜。

027

生命进入晚年之前,什么能够带来晚年?
疾病,或死亡吗?博尔赫斯走进图书馆,
他的脊背微驼——这并非源自高大书架的威压,
而是泛黄书页被翻动时,荡起的一缕轻风。

028

废墟上的花朵。
废墟。花朵。烟囱……

唯一真实的废墟,来自谁的身体?

029

奥斯威辛。废弃的焚尸炉。一只蝴蝶
从落日的火焰中飞出——
西奥多·阿多诺、罗布托·贝贝尼、普里莫·莱维?

这些另一个世纪的舞者呵!

030

他从红灯区出来,径直走进对面教堂。
在烛光里跪下,祈祷神接纳他的不洁之身——

"我的灵魂干净,从不曾被玷污……"①

031

晚年的沃尔科特斜倚着船栏,他的身外
是无际的加勒比海。一杯黑咖啡从他手中
升起袅袅白雾,蓝色水面上悬停的几只
白鹭几乎是静止的。但它们总会飞起来,
像他年轻时写下的诗篇。为什么是白鹭
而非咆哮的狮子或落日——他眼里最后的火?

---

① 引自《加缪传》。

032

死去的人黄土埋骨,活着的人
尘埃遮脸,继续走在赴死的途中。

这就是你被反复篡改的命,
也是一代人的过往与白头。

像一滴墨,从纸上洇开。
枯柳迎风,断枝奏出青铜的狮吼。

033

征服了语言同时也被语言征服,英语的
米沃什和波兰语的米沃什,是否同一个人?
他在词的最深处触摸到崩溃的群山与河流,
格但斯克流浪的船板——他无法逃避的
责任与重负。他用母语写作:母语即故乡!
即使陷在尘埃的轰鸣里,他也听见生活
从更高处的召唤,以及大海上白帆的舞蹈。

034

遇到以下情形，我不与任何朋友谈论人的纯洁性：
1. 坐立于窗前的狗，静静地望着窗外。
2. 羊来到草原上，撒开蹄花，奔腾去远，再也不回来。
3. 为了讨回被叼走的狼崽，一只母狼拦住了狮子的去路。

035

昆德拉说："没有一个人是他自以为的那个人。"
那是他者眼中，以及自然、语言秩序中的那个吗？
从镜子中与你互相打量者，是此刻的你吗？
你把蘸水的剃须刀片贴紧他的皮肤刮下去，
你与他充满敌意地互相走开，你注定活在他者
的描述中，无论如何也不可能把自己拿回来。

036

我在同一时辰遇见死者出殡婴儿落草。
我遇见童年的你和晚年的你手挽着手，

摘下的落果回到树上，花朵退向花蕾，
射出的子弹回归枪膛，人类因此不再杀戮，
愁苦的乌云散开，老人脸上生出孩童的天真。
这样哦，我就可以把走过的路再走一遍，
把爱过的尘世再爱一次——在遇见你之前。

037

保罗·策兰写道："我听见斧头开花了——"
那芬芳的光闪过，我看见木头的浆子，
人类之思想的浆子，语言的浆子，白花花的，
在大地上流淌……不可命名的事物，
再不可能获得创世的命名。只有斧头开花，
呼啸着，硬生生砍向上升的、脸的悬崖。

038

越来越多的伞，雨中移动的
黑、蓝、灰、粉、红、紫
不同的词和隐喻，匆忙与迟缓中
变幻着黄昏的街道。雨声喧哗
清冷愈加入骨。人们把伞落低
背影留在伞外，几乎混为一个人

这让一个孩子突然清晰起来——
他站在街口,伸长脖子,张望着,
雨水淋透了他,仍旧木桩样站在那儿
啊,没有他,我不会凝视着这场雨
这个黄昏,也只是一个普通黄昏。

039

你指给我看:彼岸花!午后升起的,
一片水的彼岸,几只黑蝶萦绕着它。

……哦,地狱之火。升起的霞。
开一千年,落一千年。
幽冥路,不相见。在彼岸,在此岸。

040

"那马厩闪着光清洁亮堂,那个夜晚
送进来一种新的光芒,现在黑暗
只得退隐,因为光芒中的信仰必将留存……"
在被关押的集中营,朋霍费尔牧师
每周给父母、朋友写信,讲述他和狱友的日常,
更多还是阐述他对信仰的思考——

"祈求和祷告并不足以拯救人类。神也是
受难的弱者,人类必须面对神的
退隐和消失,因为他已成年,必须担起
对世界的责任,保持自己的此世性。"
绞索渐渐把他的脖子勒紧,他平静地向人们告别:
"这是结束,但对我来说,它是生命的开始。"

041

为了找到一个词,他放逐自己,
甚至不惜坠入深渊。"诗并非想象
和现实,而近于真理,为了找到它,
你必须忍受煎熬……"

042

"我们走在地狱的屋顶/凝望着花朵。"
——《巴黎评论》,米沃什引自小林一茶,
并以此表达他的诗歌理想,以及
对拉金的反对。他反对的是真的拉金吗?
我抬起脸,听见了黑暗中拉金的冷笑。

043

点水般一划而过，一页薄纸就把手指
割破了，就血流不止，留下咸腥的伤口

刀刃的价值还有几何？借纸杀人
远胜借刀——用纸给莫须有定罪
用纸的一面凌迟，另一面诛其九族。

纸灰纷飞，落下六月雪，埋了黑字的深渊
一支惊悚的笔，像落荒的叛徒衔枚疾走。

044

1."在高大坚硬的墙壁和鸡蛋之间，我永远站在鸡蛋一方。"（村上春树）
2."艺术应当永远置身于旁观者中间，而且应该以比任何旁观者更纯粹、更接纳、更真实的方式观看。"（帕斯捷尔纳克）
3."站在人这边。"（米沃什）
4."对于善来说，愚蠢是比恶更加危险的敌人。"（朋霍费尔）

045

每一个心怀乡愁的人,他要返回的
并非度过童年的地方,而是童年本身,
他因此只能做永远的流亡者。返乡
是一种基本人权。内心的流亡
是另一种返乡的方式。"诗人的天职在于返乡。"
而对于诗人来说,母语是他的唯一故乡。

"……走向异乡的尽头,世界的另一端。"

046

炮弹纷飞击碎了银幕……走出博纳影城
深夜落下冷雨,人影稀疏,路面上的
水洼反射着路灯的荧光。完场的音乐
止息后,战争继续在另一块银幕上演绎
炮火一次次倾泻,钢铁轧过血肉之躯
尸骨的掩体被炸飞,新的尸体又堆起来
后来者踩踏着冲向前方,冻死的隐蔽者
化成了雪的雕塑,而不再拉起枪栓——战争
用死亡向他们致敬,但不会记住一粒草芥

一片雪花的毁灭,如同这一会儿,无论是我
还是孤独的佩索阿,穿过深夜的21世纪大街
所有拉长的身影,都不过是尽可忽略的存在。

047

费尔南多·佩索阿一生用近百个身份写作,
其中有诗人、哲学家、批评家、牧羊人、
翻译家、记者、心理学家、占星家、神父等,
他们各有师承、风格、观念、完整的体系,
经常会面、写信、讨论和批评。他把自己
分成了无数碎片,撒在世界的各个角落,
让后来者无从抵达,或者用截然不同的作品
建起了一个佩索阿城堡。没人说得清佩索阿
究竟是谁?或者,是这些真实存在的写作者,
共同虚构了这个叫费尔南多·佩索阿的疯子。

048

嘀嗒的钟针,像一滴水
独自穿过北方野外的冬天
它咸涩的喉咙里生满了
密匝匝的芒刺……星空的裂纹

也清晰如瓮,从高处冲来
照亮大地上枯枝的喧响
从木格窗棂溢出的灯影
敲击锈蚀的表壳(它几乎是圆的)
规范着黑夜莅临的路径
碰响所有杯盏吧,你所渴望
都已被钟针分散。黑暗胃囊里
也嘀嗒有声,精密齿轮
咬合有序。看不见的手在拧紧
多年后成为惯性,比灰椋鸟
更早地被曙色收拢。覆上
你身体的白被单,恍如来自
童年的雪,越来越沉地压迫你
被午夜命名,出生即死去。

049

在《疾病的隐喻》里,苏珊·桑塔格开宗明义:"疾病是生命的阴面,是一种更麻烦的公民身份。每个降临世间的人都拥有双重公民身份,其一属于健康王国,另一则属于疾病王国。"疾病除了指向人类的身体和不同器官,还有更多秘密通道,通向灵魂、信仰、宗教、战争、巫术、自然,以及时间和命运。他向我反问。我是一个强直性脊柱炎患者,从十岁时第一次发病持续到现在。我向他解释说,强直性脊柱炎是一种无法治愈的、更多得自遗传的免疫系统疾病。奇怪的是无论是他和我母亲,还是我的祖父母、外祖父母,生前都不曾表现出类似的发病症状——他又一次使用了"天道"这个词。但对于我来说,疾病既非隐喻,亦非天道,而是另一个故乡——它终生寄宿在我的身体里——这是属于我的秘密,我不会与任何人讨论。

050

在午后,那支搁浅在纸上的笔,听见
纸的呼吸,纸的迷醉,纸的喘息,纸的破碎
也听见大片阳光,在穿过窗外的草地
因为临窗而立,让它与握笔的手,渐生出
古老的敌意,和不可抵达的距离。

051

为了不被偷窥,艺术家有权利焚毁自己
全部的作品,或者以日记
作为国境线,建立一个属于自己的王国。
在这里,他是唯一的王,也是自己的奴隶。

……我再次看见了一百一十一年前的雪夜，
八十二岁的托翁独自出门，蹒跚地消失于
无边的黑暗里。十一天之后，他罹患肺炎
病死于阿斯塔波沃火车站。同一时刻，他的
妻子，"侵略者"托尔斯塔娅，正从容拉开抽屉，
检点着这位耄耋老者写下的，最后一篇日记……

052

当海明威写下"那只豹子不属于这里，但它还是来了，没人知道它来这里干什么"的最后一个字时，他肯定不会想到若干年后大洋彼岸逃出生天的第三只豹子。人类动用搜救队、无人机、红外热相仪、最新北斗定位系统，历经四十多个昼夜的搜寻仍然不见它的踪迹。肯定还有无数的人像我一样止不住好奇，一遍遍扪心自问豹子究竟去了哪里，又是什么让它和已被捕回动物园的两个同伴做出了出逃的决定？直到我来写下这段不分行文字，仍然没有关于它的任何确切消息传来。而在数千里之外的云南高原，更多的人正加入进来，试图阻挡十五头一路向北的亚洲象进入自己的城市。海明威继续写道："乞力马扎罗是一座海拔一万九千七百一十英尺的终年积雪的高山，据说它是非洲最高的一座山，西高峰被马塞人称为'上帝的庙殿'。在西高峰的近旁，有一

具已经风干冻僵的豹子的尸体。豹子到这样高寒的地方来寻找什么,没有人做过解释。"在小说结尾,海明威的主人公死在了乘着飞机向乞力马扎罗山顶飞去的梦境里,就像他把枪管插进口中并扣动扳机粉碎自己以及那只豹子风干在经年积雪的乞力马扎罗山顶一样……谁来告诉我,时至今日仍不见踪迹的第三只豹子是否因为再也无法忍受囚困的孤独和孤傲,才结伴逃出动物园,从此消失在了所有群山和森林里。这些不同年代的豹子将在另一时空里相遇——那里高耸的乞力马扎罗山的每一块石头和积雪,都曾有过豹子的前世。

053

再一次聆听蟋蟀鸣叫,已不是入秋
走在通向双河客栈客房的石径上,
也不是独自散步在漆黑的蝴蝶山谷,
辨不出有多少,本土的,异乡的,
来自童年的耳朵的——在万籁虫鸣里,
我有一瞬间的恍惚,揿亮手机电筒,
扒开路边草丛,却找不见任何一只
的影子,而新的叫声又剧烈响起来。
绝不像此时的大城,冷雨敲窗,滴答
不停,一直持续到午夜,从雨的深处,

断续传来蟋蟀的悲鸣,苍老而嘶哑,
仿佛日渐消瘦。我妹妹从老家打来电话,
说长假回去,再没听到蟋蟀叫了。

054

1. 默片时代的查理·卓别林。
2. 20世纪的巴黎,被黑色车轮撞飞的阿贝尔·加缪和罗兰·巴特。
3. 那射向示威者的枪口抬高了一厘米!那微微颤抖着扣动扳机的手指。
4. 1989年,柏林墙轰然倒塌,破碎的水泥被制成纪念品,带向世界各地。
5. 被豢养的动物对人类温暖的依恋。

055

入冬的清早,从熹微中醒来
原野上有残月的睡眼,经霜的瓦蓝额头

有旧日的运草车,停在田间地垄
它湿漉漉的脸,带着泪水盗空的平淡

有春天去远的孩子,偶尔从车后走出
他内心希求着宽恕,又紧抿嘴唇一声不吭

056

当望远镜成为一种普及之物,你透过它
看到的不再是血与火的迸溅,成败的秘密隧道
而是放大的城市和原野,窗帘被焦距拉开
大地排闼而来,不同个体的生活成为庸常
作为自然事件,一片叶子飘落和一只虫子坠地
同样惊心动魄,隐匿的鸟巢在风中摇晃
麻雀的亲昵随树枝一起暴露在镜头里,满足了
你的窥伺欲望。远山近水历历目前,
被打开的另一个陌生世界,人在疾走,风在追逐
老虎打盹,狮子颂经礼佛,勤劳的蜜蜂
用语言之甜,创建了星空和教堂的建筑学
生和死的角力从不停歇,你看见了
大自然那双无所不在的手——它也在操控着你
一步步陷入它设定的情境,而不能自拔。

057

道德的制高点上,站满了跳梁小丑

豆粒的众生，还在瓦釜中为豆萁燃烧而载歌载舞

058

一粒麦子停在我的头顶
天空广阔而修远——

但终有一天，它还会落下来
像纷扬的灰烬和盐
落满我生前身后，最后把我埋葬。

059

我们越来越多地谈论及衰老，衰老也在剥去我们身上的多余——生命诞生后附加的衣服、物欲、情欲，道路、风雨，以及越来越广阔的活动空间，渐渐成为重负和累赘。衰老不动声色，又不容置疑地帮着我们扔掉，一点点回归初始的赤裸状态。它接着拿走我们的欢笑和啼哭，最后还拿走我们的皮肉和骨头，让灵魂无枝可依，成为看不见的"无"和无所在的"无"。现在，只剩下我们的谈论，回响在谈论者和衰老之间，空洞，无附着之唇，如所有虚拟，并不能减缓衰老的加速度，而且充满了沮丧——我们却没有力量让它停下来。

060

"自我即深渊。"在饕餮时代，真正面向人类自身的写作如此稀缺和不合时宜，因为它不为消费者提供任何饕餮之物，而仅提供一种可望而不可即的后视镜里的灵魂幻象。

061

"什么能对抗时间的噪音？只有我们自己内心的音乐，关于我们存在的音乐。有些人将它转化成了真正的音乐。如果这样的音乐足够强大、真实、纯净，能淹没时间的噪音，几十年后，它就能够转化为历史的低语。"（引自朱利安·巴恩斯：《时间的噪音》）

062

入冬之后，一片树皮
也有了山水的宁静。

063

午饭后,腹生胀气
淤积上冲胸口
急忙躺卧,深呼吸,反复吐纳
沁出身体的汗水,渐渐停息,变凉

医我者:抽血,化验,心电图……
再引去机器下
接受光线穿越,仿佛穿越未知星球

心跳由远而近,又由近而远
如一根蛛丝,悬垂在
生死之间,爱恨之间,遗忘与疼痛之间

两公里如半生,听窗外,秋声紧
风起自一粒尘埃的寂静
沙砾划过窗前,负着众生的苦厄

夜色哽咽着,黑暗中,铁屑轰响
转动的门轴,带动我磨损的膝盖

064

灰灯光也是枯萎的真
它照出黑夜里荒芜的人心
我看见它变白的骨头
看见它沿茫茫黑夜漫游
不停地廓开黑暗——
没有谁能击退它,除非自己
与黑夜合而为一。另一个人
倾心于这光,他在灯下
吃一首诗,把灰灯光当茶饮,
去接引临盆的黎明
当太阳变身浅淡的虚空
他小心扶稳倾泻的阳光里
一副亡灵的面孔——它的爱
把你变成陌生的异乡人

065

我把行李忘机场了
身份证忘在家里,充电器
忘在旅馆,书忘在另一家旅馆

iPad忘在了洗手间的便池边
自己忘在登机的廊桥
我把父母忘在了疾病深处
儿子忘给了夜不归宿
妻子忘给了鸡毛蒜皮的唠叨
我把白云忘给了乌云
闷热的机舱里,我紧裹着羽绒服
忘了从哪出发,去哪儿落地
身边没一人了,我还歪在座椅上
——是秋后算账的时候了
我忘掉的衣服、鞋子、洗漱用品
磨损的骨头,用旧的光阴
都扔火里吧,陪我一起
化作青烟,飘向天外
这时候我的行李箱到达了
它拎在另一只手上,打开来
已空无一物,我的身份证
揣在另一只口袋里
它带着另一张陌生的脸
在人间流浪,至于我是谁,
我真的记不起了。

066

另一重现实：世界上也没有完全相同的两片树皮，那些纹路和疤痕仿佛不同伤害的确证。但几乎所有的树，都有着一样的孤独——那朝向光照的一面。我相信突然飞起的鸟儿是另一种形式的叶子——它们从树身的黑暗里汲取歌唱和飞行的泉水。

067

那个老理发匠，每早八点来得准时。
在小区临街空地边上，支起他的
脱漆的工具箱和一把旧椅子，开始
新一天的工作，只要不赶上雨雪天，
电动剪发器总是如约贴着顾客的头皮，
发出嗡嗡蜂鸣，像割草机在草地上
欢快地耕耘，剃刀闪着淋漓刃光。
他给找过来的男人们理发——那些
老人、中年、小学生和更小的孩子，
更多并不富裕的街坊。他手艺娴熟，
活儿却干得粗糙，还省了清洗工序。
他臃肿的身子绕着客人移动，剪落的

碎发掉在顾客脖子里和胸前的海①上,
由白变灰的海呵,更显脏兮兮的。
我坐在那把旧椅子上,顺从他摆布,
享受着剃刀刮过皮肤的快意恩仇——
他当然不是西伯利亚理发师,而是
新城郊区的老理发匠,某种程度上说,
他的潦草恢复了我一头硬发的野性。
他双掌相击,解开那海,我从椅子上
站起来,心生出从头开始的轻松——
这个略显笨拙的老理发匠,我祝福他
灵魂安息,继续为穷人剪除烦恼,
带去愉悦和便宜,我祝他来生早晨
不再把自己留在渣土车尖叫的急刹里。

068

  光突然消失的瞬间,你恐惧地闭上了眼。黑暗从头顶压下来,从四方扑过来,波涛汹涌地包围你、淹没你、窒息你、穿透你,像要把你撕成万千碎片。你本能地把自己缩小了,如同一片陷入淤泥的叶子——很久很久,你终于缓解过来,慢慢地睁开眼——如果是在野

---

① 老北京对理发围布的称谓。

外，你将看到天边的星子、脚下的石头、野草、树木、坟墓，以及未消失的残雪，草尖上缭绕的溪流。你的存在让它们渐渐变得清晰，仿佛脱离了黑暗的掌控，给了你某种细切的安全感。如果是在屋里，你将看到身外的墙壁、屋顶、房间里的床榻或刑具，你的呼吸和心跳。因为你的存在，它们愈见具象和明亮。你忽然意识到，你黑暗中的存在也是一盏灯——既把你和黑暗区别开来，也给予事物以照亮的光。而后，黑暗渐渐退去，白昼重新上升——那是和你一样置身黑暗的人，在用黑暗点亮自己，成为照亮世界的更多的灯——更多的光之源。

069

刈割后的田野留下时间的苍凉
太阳把放逐的野兔也埋入犁沟

泥土重新长出麦粟、稻黍、墓碑
天空黑暗的胃，翻滚着乌云和雨的波浪

从我的村庄，向南的练沟河
向北的清水河，累累的石头和白骨

而今已没有一朵云认出我

没有一滴水打湿我的衰老的脸

飒飒枯草,对应着寥落的人影
三两颗星,对应着人间棋布的屋顶

070

时间如此漫长。他们从山顶
俯瞰山下灯火,谈论永恒和消逝
身边的叶子越落越多,越落越急
渐渐淹没了他们争执的声音……

071

雨不停地落下来
他不停地引体向上

……雨越下越大
——他越做越快

072

诗从虚无处,汹涌而来……

谷禾文学年表

1967 年　端午节出生于豫东平原深处一个叫大周庄的村子，父母皆为农民。

1982 年　初中毕业考入河南省淮阳师范学校读书，开始接触到《小说选刊》《读书》等期刊，第一次读到《静静的顿河》。

1985 年　被分配到一所乡村小学教书，因为闲着无聊经常和学生比赛背书，用一年时间背完一本《新选唐诗三百首》(武汉大学版)。

1988 年　结识老友陈波舟，陈与我同事两年，介绍我结缘如今已经相伴 30 余年的妻子和诗歌。

1989 年　读到郑敏翻译的《美国当代诗选》，从模仿开始自己的诗歌写作生涯，在中原油田主办的《中原》杂志发表第一首诗。

1992 年　陆续有组诗作品在《大河》《诗歌报月刊》《诗神》等期刊发表。

1997 年　获《诗歌报月刊》举办的"首届全国爱情诗歌大赛"三等奖，结识诗人庞余亮，后在创作困境中多次得到其鼓励。

1998 年　参加《诗歌报月刊》举办的第三届"金秋诗

会"。

1999年　入鲁迅文学院学习。结业后进入鲁迅文学院少年作家班从事文学教育内刊编辑工作。

2002年　开始尝试小说写作，7月在《青年文学》发表第一篇小说《失踪的针头》。

2003年　在《诗刊》发表组诗《生活之歌》。中篇小说《1976年的黑白电视》在《清明》发表，并被《中篇小说月报》转载。参加诗刊社第十九届青春诗会。

2004年　转入中国文联出版社《华人世界》杂志工作，任编辑部主任。中篇小说《爱到尽头》在《十月》发表。诗集《飘雪的阳光》入选《21世纪文学之星丛书》（2004年卷）并由作家出版社出版。

2005年　第一次进入十月杂志社工作。

2007年　中篇小说《欠债还钱》在《北京文学》发表并被《中篇小说刊》转载。组诗《心中的痛》在《人民文学》发表。中篇小说《父亲，父亲》在《芙蓉》发表。散文组章《看不见的城市》头条刊发于《散文》杂志，《诗20首》发表于《诗歌月刊》"本期头条"栏目。

2008年　获《诗选刊》"中国最佳诗歌编辑"奖。离开十月杂志社，转入中国人民公安大学出版社从事当代文学类图书的策划和出版工作。

2011年　获2011年"华文青年诗人奖",出版第二本诗集《大海不这么想》(陕西师范大学出版总社)。重回十月杂志社工作,创办"十月诗会"和"十月诗歌奖"品牌。

2013年　联系浙江慈溪市文联,与同事共同创办"袁可嘉诗歌奖",筹建袁可嘉文学馆。出版第三本诗集《鲜花宁静》(长江文艺出版社)。

2014年　获"刘章诗歌奖"。

2015年　获第三届《扬子江诗刊》"扬子江诗学奖"。

2017年　恢复中断了十年的小说写作,在《福建文学》发表中篇小说《麦子回家》。

2018年　出版第四本诗集《坐一辆拖拉机去耶路撒冷》(江苏文艺出版社)。

2019年　诗集《坐一辆拖拉机去耶路撒冷》获《诗刊》年度十佳诗集奖。获《长江文艺》"2017—2018双年奖·诗歌奖""第三届《扬子江诗刊》奖""第六届《芳草》汉语诗歌双年十佳奖"等奖项。在《作家》杂志发表长诗《周庄传》。出版第五本诗集《北运河书》。

2020年　在《作品》发表中篇小说《这里没有蟑螂》。

2021年　出版第六本诗集《世界的每一个早晨》(百花文艺出版社)、散文集《黑棉花,白棉花》

(漓江出版社),非虚构作品《问源:钱江源记》(与杨方合著,中国林业出版社)。

2022年 获第二届"屈原诗歌奖"、第一届"陆游诗歌奖"、2021年"草堂诗歌奖"、第一届"艾青诗歌奖"提名奖。

2023年 获第一届"陶渊明诗歌奖"。

2024年 出版小说集《镜中逃亡》(中国文史出版社)。在《钟山》发表组诗《观察集》(十七首)。在《芳草》发表长诗《无限》。在《诗刊》发表长诗《马说》。

图书在版编目（CIP）数据

泥沼之子 / 谷禾著. -- 武汉 : 长江文艺出版社,
2025. 4. -- ISBN 978-7-5702-3924-5

Ⅰ．I227

中国国家版本馆 CIP 数据核字第 2025V6G183 号

泥沼之子
NI ZHAO ZHI ZI

责任编辑：胡　璇　王成晨	责任校对：程华清
封面设计：祁泽娟	责任印制：邱　莉　王光兴

出版：长江出版传媒　长江文艺出版社
地址：武汉市雄楚大街 268 号　　邮编：430070
发行：长江文艺出版社
http://www.cjlap.com
印刷：湖北新华印务有限公司

开本：880 毫米×1230 毫米　　1/32　　印张：6.875
版次：2025 年 4 月第 1 版　　2025 年 4 月第 1 次印刷
行数：4430 行

定价：58.00 元

版权所有，盗版必究（举报电话：027—87679308　87679310）
（图书出现印装问题，本社负责调换）